Stöckel • Unweit vom Fluss

Für Tim und für Kai

Reinhard Stöckel

Unweit vom Fluss

Geschichten

Edition Vogelweide
2. Auflage, 2017 **- erweiterte Neuausgabe -** Taschenbuch, 240 S.
(1. Auflage u.d.T. Unten am Fluss.- Dingsda-Verlag, Querfurt.- 2002)
Auch als e-Book erhältlich

Copyright © 2017 Reinhard Stöckel
Alle Rechte vorbehalten

www.reinhard-stoeckel.de
Umschlaggestaltung: Copyright © Rudolf Sittner, Cottbus
Logo: Copyright © Tim Stöckel, Cottbus

Herstellung und Verlag:
BoD - Books on Demand, Norderstedt
ISBN 978-3-7431-6157-3

Inhalt

Eine blaue Böhmerland	1
Unten am Fluss	21
Ein Höhlenmensch	169
Mandel	189
Boldt	197
Adam schweigt	207
Unweit von Telgte	217
Der Reiher	223
Als Mutter twistete	231
Unbeherrscht	237

Eine blaue Böhmerland

Wenn mein Großvater nicht den Motor seines Motorrads vergraben hätte, wäre das Ding längst verrostet eingegangen in den Boden der Ukraine oder der Ardennen. Wenn man dann wüsste wo, ließe sich möglicherweise noch heute ein Stück rostiges Blech finden und unter dem abblätternden grünen Militäranstrich könnte man die originale blaue Farbe sehen. Wenn das so wäre, stünden hier in meiner Wohnung nicht sieben Motorräder der verschiedensten Marken und Baujahre und noch mal acht im Keller; zwei blaue sind darunter und seit kurzem eine – nein, nicht irgendeine – *die* Böhmerland.

Vermutlich wäre meine Frau mit meinem Sohn dann nicht ausgezogen. Wenn das so wäre, dann, verstehen Sie das Dilemma, würde ich aber nie mit meinem Sohn auf der blauen Böhmerland die Allee hinaus aus der Stadt fahren können, weil dann mein Sohn zwar bei mir wäre, aber keine Böhmerland.

Allerdings säßen Sie dann auch nicht hier auf meinem einzigen Stuhl und überlegten, welches der Motorräder Sie pfänden sollen. Von mir aus alle, nur das eine nicht, nicht die Böhmerland!

Natürlich haben Sie recht, ein Motorrad gehört auf die Straße, nicht in die Wohnung, eine Scheune oder ein Museum. Genau so wenig wie eine Katze ins Haus gehört. Die natürliche Ordnung der Dinge muss gewahrt bleiben. Glauben Sie mir, ich weiß, wovon ich rede. Wir hatten früher eine Katze.

Wir hatten eine Katze, ein Pferd und einen Hund. Die Katze durfte das Haus nicht betreten, weil sie irgendwann einmal unters Sofa geschissen hatte. Wenn es ihr doch gelang, ins Haus zu huschen, begann eine wilde Jagd mit Flüchen und fliegenden Pantoffeln. Eine Katze gehört nicht ins Haus. Sie gehört auf den Hof, in die Scheune, in den Stall.

Im Stall hatte auch das Pferd zu bleiben, sofern es nicht einen Wagen oder ein Ackergerät zu ziehen hatte. Manchmal aber kam etwas über das Pferd, das meine Großmutter als Freiheitsdrang bezeichnete. Es schlug mit den Hufen solange gegen die Stalltür, bis diese aufsprang und das Pferd wild schnaufend um den Misthaufen galoppierte. Wenn unser Hund hingegen sich in Nachbars Hühnergarten herumtrieb, hieß das Fressgier. Fressgier und Freiheitsdrang sind manchmal schwer zu unterscheiden. Jedenfalls, so schien mir, weigerten sich die Tiere, den ihnen von den Menschen zugewiesenen Platz einzunehmen.

Da war das alte Motorrad geduldiger. Es war ein blaues Motorrad. Ich nannte es Mohikaner. Den Namen Mohikaner verdankte das Motorrad einem Irrtum, meinem Irrtum. Bevor ich ihm begegnete, gehörte es zu meinen Lieblingsbeschäftigungen, den großen Jungs zu zusehen, wie sie Regenwürmer auf

Sicherheitsnadeln spießten und damit Stichlinge aus dem Dorfteich angelten. Einmal unterhielten sie sich über Indianer. Die Pferde der Indianer, erfuhr ich, sollten viel kleiner als unseres sein. So klein, dass auch ich darauf reiten könnte. Dem Gespräch entnahm ich, dass diese Pferde Mohikaner und die Indianer zum Stamme der Mustangs gehörten.

Eines Tages öffnete ich die kleine Tür im großen Tor der Scheune auf unserem Hof. Ich weiß nicht, ob ich die Scheune das erste Mal betrat. Ich weiß nur, dass ich an diesem Tag eine Entdeckung machte. Da stand er, mit Stroh, Staub und Hühnerscheiße bedeckt, mein Mohikaner. Und als ich mit dem Finger über die verstaubte Blechhaut strich, war es, als bräche ein Streifen blauen Himmels durch eine graue Wolkendecke. Er hatte genau die richtige Größe, um einen zwar kleinen, aber umso tapfereren Mustang wie mich zu tragen.

Nachdem ich der Großmutter am Abend von meinen erfolgreichen Büffeljagden berichtet hatte, hörte ich sie durch die Tür des Schlafzimmers mit der Mutter reden.

Der Junge, sagte sie, hat eine große Imagination.

O je, sagte die Mutter, auch das noch.

Mein Leben als Mustang währte einen Sommer lang. Als ich im nächsten Frühjahr die Scheunentür öffnete, hatte sich mein blaues Pferd in ein Motorrad verwandelt. Inzwischen konnte ich entziffern, was auf dem Tank geschrieben stand: *Böhmerland*. Anfangs klang dieser Name nach einem fernen Land voll dunkler Wälder, klaren Seen und weiten von Büffeln durchzogenen Prärien, später aber erinnerte er mich eher an Vaters sonntagvormittägliche Blasmusik im Radio. Jedenfalls behielt das Motorrad den Namen Mohikaner und ich schwang mich auf den Sitz. Dass der Motor fehlte, hatte in dieser Phase meiner Bekanntschaft mit dem Mohikaner allerdings noch immer keine Bedeutung. Eher schon die Farbe Blau. Mir war klar, nur mit einem blauen Motorrad konnte man wirklich ins Blaue hinein fahren, in den Himmel hinein zum Beispiel. Wie die Schwalben, die einen eben noch mit ihrem Sturzflug erschreckten, im nächsten Moment hoch aufstiegen, sich in einen Punkt verwandelten und schließlich in ein Stück des unendlichen Blaus, aus dem sie irgendwann zwitschernd wieder auftauchten, um über dem Misthaufen nach Fliegen zu jagen.

Die Farbe Blau jedenfalls und Motorrad gehörten für mich zusammen. Und noch lange Zeit später musste ich beim Anblick eines schwarzen oder bordeauxroten Motorrades denken: Das ist doch gar kein richtiges Motorrad.

Das Motorrad gehörte übrigens meinem Großvater. Doch der Großvater fuhr nicht mit dem Motorrad, weil er, wie die Großmutter sagte, im Krieg geblieben war. Der Krieg hatte irgendwann früher stattgefunden, da aber Großvater dort geblieben war, musste der Krieg noch da sein.

Vor meiner Zeit mit Mohikaner wäre ich manchmal gerne bei Tante Almuth und ihrer Schokolade in der Stadt geblieben. Manchmal gab sie mir in buntes Stanniolpapier eingewickelte kleine Schokoladentäfelchen. Sorgfältig wickelte ich die Schokolade aus ihrer Umhüllung und gab der Tante das Papier zurück. Sie verzierte damit vertrocknete Getreidehalme in ihrer Vase, so dass über die vielen

Besuche bei ihr ein bunter Strauß von glänzenden Schokoladenerinnerungen entstanden war.

Schokolade war also etwas was zuerst glänzte, dann duftete, dann süß schmeckte und schließlich klebte; erst an den Händen, dann an der Hose. Deshalb konnte ich auch nie lange bei Tante Almuth bleiben. Denn so, sagte die Mutter und ernannte mich zum Mann, kann *man* doch nicht rumlaufen.

Ich stellte mir vor, dass der Großvater im Krieg geblieben war, weil es dort Schokolade gab. Und ich dachte, dass Erwachsene Kindern, Katzen und Pferden offenbar etwas voraus hatten: Sie konnten bleiben, wo es ihnen gefiel, auch wenn sie klebrige Flecken auf der Hose hatten. Denn was konnte des Großvaters Bleiben im Krieg anderes bedeuten, als dass er dort bleiben wollte.

Manchmal saß ich auf dem blauen Motorrad und war Melder. Einmal bekam ich von Tante Almuth zum Geburtstag einen Beutel bunter Schokoladentäfelchen geschenkt. Ich bin sofort zum Großvater an die Front gefahren. Wir saßen im Schützengraben, aßen Schokolade und schossen mit bunt glänzenden Stanniolkugeln zum Feind hinüber.

Natürlich wusste ich bald, dass der Krieg eine ernste Sache war. Unser neuer Fernseher half mir zu erkennen, dass Schokolade auch dort knapp war und man, statt buntes Stanniolpapier auf gackernde Hühner, Handgranaten auf Panzer warf. Wenn man mit solchen Handgranaten am Gürtel gegen ein Maschinengewehrnest stürmte, dann war man ein Held. Ich war sicher, Großvater war so ein Held und deshalb brauchte ihn der Krieg noch immer. Und deshalb brauchte der Großvater eine schöne Sanitäterin, die nach den Heldentaten seine Wunden verband. Da ich mich im Leben schon einigermaßen auskannte, sagte ich der Großmutter lieber nichts von der Sanitäterin. Auch fürchtete ich, wieder der Imagination verdächtigt zu werden. So einen Stern, wie die Sanitäterin an ihrer Mütze trug, malte ich auf den Tank meines Motorrads. Gemeinsam mit Großvater und der schönen Sanitäterin jagten wir die Faschisten in Gestalt meines ausgedienten Teddybären und der Hühner aus unserer Scheune. Dieser Krieg war meine schönste Zeit.

Der Schulaufsatz „Mein Vorbild" setzte ihr ein jähes Ende. Während die anderen einen Mann mit Namen Ernst Thälmann, genannt Teddy, zu ihrem Vorbild auserkoren, schrieb ich über meinen Großvater. Ich vergaß nicht neben seinen Heldentaten im Krieg zu erwähnen, dass er nie in der Nase gebohrt, keine schlechten Worte aus seinem Mund und aus dem Gegenstück keine schlechten Winde entlassen hatte. Zumindest hatte ich das den Vorhaltungen der Großmutter entnommen, wenn mir derlei widerfuhr. Immerhin, so konnte ich anfügen, könne mein Großvater nach Aussage meiner Großmutter stolz auf mich sein, da ich das Geschirrtuch gut zu handhaben wüsste.

Ich durfte als Einziger meinen Aufsatz vorlesen. Als ich das letzte Wort meines Aufsatzes vorlas, spürte ich, dieses Wort fiel in die Stille wie ein Stein in einen Abgrund. Der Abgrund war tief, der Stein fiel und fiel. Und dann schlug er auf. Der Sitz des langen Dieter schlug, als er aufsprang, krachend an die Lehne.

Dem sein Opa, rief er, war in der Wehrmacht.

Ich weiß das genau von meinem Opa und der war im KZ gewesen, wie unser Teddy. Ein Faschist war dem sein Opa und ein Vorbild lange nicht!

Der Lehrer nickte verständnisvoll und sagte nur: Ich weiß. Dann zog er ein Büchlein aus der Tasche, da waren viele Fotos drin. Rauchende Soldaten neben Menschen, die an Stricken hingen. Einer stand lachend neben einer Grube, in der Menschen lagen. Die Stunde dauerte sehr, sehr lange.

Als ich aus der Schule kam, saß die Großmutter in der Stube und weinte. Zwischen ihren Schluchzern schimpfte sie: der Schuft, der herzlose Schuft. In ihren Händen hielt sie einen Brief mit einer fremdländischen Briefmarke.

Ich muss die Großmutter, die ich zuvor nie weinen gesehen hatte, ziemlich verdutzt angesehen haben. Sie strich mir über den Kopf und sagte: Dein Großvater, er – die Schluchzer fielen wieder über sie her – er ist ein Schuft. Ach, wie kann einer nur so herzlos sein …

Ich nickte verständnisvoll und sagte nur: Ich weiß, Oma, ich weiß!

Ich lief in die Scheune. Wütend trat ich gegen das Motorrad. Großvater hatte kein Herz und das Motorrad keinen Motor. Ich wusste nicht, woher meine Wut kam, aber ich wusste, sie war sehr groß. Und dass sie mit Weibertränen durchmischt war, machte mich noch wütender. Ich glaube nicht, dass die in der Scheune anwesenden Hühner an jenem Tag noch in der Lage gewesen waren, Eier zu legen. Dem Plüschbären kostete meine Wut zusätzlich zu seinen bisherigen Kriegswunden ein Bein. Dann lag ich im Stroh und gedachte meiner Zeit vor dem Krieg, als ich noch ein Mustang war. Es gab nur einen Weg, nach Amerika auszuwandern. Vorher stopfte ich meinem Teddy mit dem Finger die Holzwolle in seinen Bauch zurück und machte ihm aus einem Stück abgebrochenen Besenstiels ein neues Bein.

Ich weiß nicht, wie viele Wochen lang ich die Scheune mied. Ich weiß auch nicht, wie lange ich mich weigerte, das Geschirrtuch zu handhaben, wie oft ich bei Tisch furzte und in der Nase bohrte. Aus dem blauen Motorrad war ein Haufen Schrott geworden.

Der Großvater wurde nun bei Tisch nicht mehr erwähnt. Der herzlose Schuft. Wenn ich an Großmutters Worte dachte, bekam ich die Imagination. Auf Großmutters Kommode stand ein Foto, das den Großvater zusammen mit dem blauen Motorrad zeigte. Auf dem Foto hatte das Motorrad noch einen Motor. Hatte der Großvater damals noch ein Herz gehabt? Hatte er jetzt ein Loch in der Brust wie das Motorrad zwischen den Rädern? Ich nahm das Foto aus dem Rahmen, holte die Schere und schnitt ein Loch in Großvaters Anzug, dort wo das Herz war. Jetzt konnte ich durch den Großvater hindurchsehen: den Fernseher, das Fenster, die Katze auf der Treppe in der Sonne.

So ein herzloser Großvater hatte vielleicht sein Gutes. Man könnte sich gut hinter ihm verstecken und durch das Loch hindurch die Leute beobachten. Zum Beispiel den Feuerwehrhauptmann am Ersten Mai, wie er der Nachbarstochter heimlich am Hintern rumkrabbelte. Oder man konnte abends noch einen Film sehen. Nein, keinen von den langweiligen mit Geküsse, sondern einen mit Mördern. Man könnte außerdem zum Geburtstag mit den Gästen Zielwerfen durch das Herzloch veranstalten. Hauptsache es würde nicht bluten. Was dann?

Sorgfältig montierte ich den Herzschnipsel wieder in Großvaters Brust und steckte das Bild in den Rahmen. Wo, dachte ich, waren sie bloß abgeblieben, der Motor und das Herz? Man müsste den Vater befragen.

Im Gegensatz zu meinem Großvater, der, obwohl im Krieg, ständig bei Tisch anwesend war, um mich zu guten Manieren zu erziehen, saß der Vater zwar leiblich auf seinem Stuhl, doch war er meist mit den wichtigen Dingen beschäftigt, die das Fernsehen zu vermelden hatte. Die Beschäftigung mit der Welt musste sehr anstrengend sein, denn manchmal schlief der Vater unvermittelt ein.

Der Vater war die ganze Woche unter der Erde im Schacht. Nachts hörte man das Raunen und Zischen, Klappern und Quietschen des Bergwerks. Seine Gänge, die die Bergleute gruben, um das Kupfer einzusammeln, hatten, so jedenfalls versicherte die Großmutter, schon unser ganzes Dorf unterhöhlt. Und es werde wohl bald einstürzen. Der Vater reagierte stets nur mit einem Knurren auf ihre Prophezeiungen: Quatsch.

Nachts vermeinte ich manchmal das Pochen seiner Spitzhacke im Erz zu hören. Dann klopfte ich mit dem Knöchel Morsezeichen auf die Dielen. Das war sehr spannend. Doch wenn ich meinen Vater danach befragte, knurrte er nur: Quatsch.

Die ausführlichste Antwort, die ich jemals von meinem Vater bekommen habe, betraf das blaue Motorrad. Eines Tages fragte ich ihn zum sechsundneunzigsten Mal nach dem Motor. Diesmal sprach er mit mir.

So einen Motor, sagte er, kriegst du heute nicht mehr! Der ist irgendwo vergraben, sagte er, weil die im Krieg alles eingezogen haben. Damit sie das Motorrad nicht wegnehmen, sagte er, hat dein Großvater den Motor ausgebaut und vergraben.

Oh, begann der Vater unvermittelt zu schwärmen, ich sage dir, das war ein Maschinchen. Eine Böhmerland, Baujahr 29, die gab es nicht von der Stange, die war maßgeschneidert. Dein Großvater ist dafür extra zu den Tschechen gefahren. Ein einziges Mal habe ich auf der Böhmerland mitfahren dürfen. Das war vor dem Krieg. Wir sind quer über die Felder zum Friseur in die Stadt, erzählte der Vater und seine Augen leuchteten blau wie das Motorrad selber. Ein Ritt war das, sage ich dir, wie beim Rodeo. Durch die Geleise der Feldwege und über den Acker, dann die Straße in die Stadt hinein mit über 100 Sachen, sage ich dir. Mit Karacho sind wir die Allee entlang geschossen, durch den grünen Tunnel der Bäume und das Blitzen des blauen Himmels zwischen den Blättern, sogar an einer Schwalbe im Tiefflug vorbei. Tchum tchum tchum ...

Für einen kurzen Augenblick saß ich mit meinem Vater auf dem Motorrad und sauste mit ihm durch die grün, blau, golden blitzende Allee, fühlte ängstlich die Geschwindigkeit und jubelte gleichzeitig hinter dem breiten Lederrücken meines Vaters: schneller, schneller.

Tja, aber nun ist der Motor weg. Und so einen kriegt man heute nicht mehr. Eine Böhmerland kriegst du heute überhaupt nicht mehr. Ja, unsere Böhmerland, das ist vielleicht überhaupt die letzte

Böhmerland. Aber ohne Motor fährt auch eine Böhmerland nicht, der Motor ist das Herz der Maschine.

Das Herz meines blauen Mohikaners war also irgendwo vergraben. Im Garten, unterm Misthaufen, im Kuhstall? Keiner wusste es, nur der Großvater und der war im Krieg geblieben. Weil er hingegangen war anstelle seines Motorrades und unseren Teddy auf dem Gewissen hatte.

Vielleicht, dachte ich, hätte auch er zu Hause bleiben können, wenn er sein Herz vergraben hätte. Vielleicht wäre er dann jetzt zu Hause und wir könnten zusammen den Motor und sein Herz wieder ausgraben. Aber möglicherweise hatte der Großvater sein Herz doch zusammen mit dem Motor vergraben. Nur hat ihm das im Gegensatz zu seinem Motorrad nichts genützt. Er hat trotzdem in den Krieg gemusst.

Ich machte mich mit dem Spaten auf die Suche nach dem Motorherz. Zu meiner Freude stieß ich im Garten neben dem Kirschbaum auch gleich auf etwas Festes. Es war Arco, unser Hund, zumindest das, was von ihm übrig war, ein bleicher Schädel. Arco, der sich dort herumgetrieben hatte, wo er nicht hingehörte. Seinen Appetit auf Nachbars Puten hatte er mit seinem Hundeleben bezahlt. Da waren die Katze, das Pferd und ich mit ein paar Ermahnungen oder Flüchen bisher recht gut weggekommen.

Ich setzte Arcos Schädel anstelle des Motors in mein Motorrad ein, damit wenigstens das unheimliche Loch zwischen den Rädern verschwand.

Kurze Zeit später wanderten wir aus. Meine Mutter sagte, sie wolle nicht auf dem Dorf versauern. Wir zogen in die Stadt in Tante Almuths kleine Wohnung, die von ihr inzwischen leer gestorben war. Der bunt glänzende Schokoladenpapierstrauß blieb noch eine Weile auf dem Fensterbrett stehen. Zur Erinnerung, sagte die Mutter. Manchmal roch ich an den leeren Papieren und dann kam mir eine Erinnerung auf die Zunge. Die Erinnerung schmeckte nach Schokolade, Scheunenstaub und blauem Blech.

Als ich die nächsten Ferien bei der Großmutter verbringen durfte, saß die Katze auf dem Sofa und das Pferd war, wie die Großmutter sagte, abgeschafft.

An einem schönen blauen Sommertag kam mein Großvater aus dem Krieg zurück. Er kam in einem kleinen Paket. Das Paket klemmte unterm Arm des Bürgermeisters. Der Bürgermeister stellte das Paket auf den Tisch und sagte: Da ist er. Und: Es war sein letzter Wunsch.

Die Großmutter starrte eine Weile stumm auf das Paket, so dass der Bürgermeister die Großmutter zur Höflichkeit ermahnte: Könntest wenigstens *Danke* sagen, für den Papierkrieg.

Bei dem Wort Papierkrieg dachte ich an die schöne Zeit mit Tante Almuths bunter Stanniolmunition. Der Papierkrieg, den der Bürgermeister meinte, musste an die zwanzig Jahre gedauert haben. Denn solange, das wusste ich inzwischen, war der richtige Krieg vorbei. So war Großvater also im Papierkrieg geblieben. Und wahrscheinlich hatte das Papier Feuer gefangen, denn vom Großvater war nur noch Asche übrig.

Die Asche war, als die Großmutter endlich das Paket öffnete, in einem kleinen Töpfchen, das die Großmutter Urne nannte und das aussah wie im Märchen vom süßen Brei. Ich erschrak, denn die Großmutter öffnete den Deckel. Gleich würde graue Asche herausquellen, über den Tisch fluten, in die Stube, durchs ganze Haus. Sie würde in unsere Münder, Ohren und Nasen dringen ...

Doch nichts geschah. Die Großmutter sagte nur: Ist er also zurück aus Russland.

Aus der Sowjetunion, korrigierte der Bürgermeister. Und er fügte streng hinzu: Hätte sich da ja nicht rumtreiben müssen!

Ich dachte an Nachbars Puten, an Arcos weißen Hundeschädel und dass ich nun wohl nie erfahren würde, wo der Motor vergraben war.

Wenige Tage später wurde das Töpfchen mit der Großvaterasche begraben. Als alle gegangen waren, stand ich mit der Großmutter noch ein Weilchen am Grab. Ein einbeiniger Mann aus dem Dorf humpelte heran. Ich kannte ihn, er war nett, denn er hatte mir einmal eine Murmel geschenkt. Aber jetzt sah er böse aus. Er spie dicken Priemsaft in Großvaters Grab und zischte: Keine Ruhe finden sollst du! Verräter!

Ich erwartete, die Großmutter werde nicken und sagen: Ich weiß, er war ein herzloser Schuft.

Doch sie stieß den Einbeinigen weg und zischte zurück: Verschwinde, du Nazi!

Es dauerte lange, bis ich das alles vergaß. Und noch länger dauerte es, bis ich einiges davon verstand.

Ich hatte Motorenschlosser gelernt und investierte

den größten Teil meines Verdienstes in alte Motorräder. Die Teile fand ich auf Schrottplätzen und in verdreckten Werkstattwinkeln. Später annoncierte ich. Ein Motor für eine Böhmerland, geschweige eine ganze Maschine, hat sich nie gefunden.

Als ich eine Frau kennen lernte, fing ich an, mein Hobby zu vernachlässigen. Wir heirateten und bekamen ein Kind. In dieser Zeit kam es im Schacht zu einem Unglück, bei dem der Vater verschüttet wurde. Es hieß, er sei im Berg geblieben. Bald darauf begann ich, mich wieder um Motorräder zu kümmern.

Als mein Sohn drei Jahre alt wurde, waren wir schon geschieden. Meine Frau war mit meinem Sohn ausgezogen und ich, ich war in der Wohnung geblieben. Ich hätte, so der Anwalt meiner Frau, in unverantwortlicher und krankhafter Weise Geld und Zeit damit verschwendet, Schrott zusammenzutragen.

Schrott!? Hier sehen Sie, der elegant geschwungene Tank einer DKW oder diese wunderschöne Radrosette, ist das Schrott? Und da das Nummernschild auf dem Schutzblech, sieht es nicht aus wie ein kleines Segel?

Vor kurzem, als meine Großmutter gestorben war, bat mich die Mutter, die Auflösung des Haushalts zu übernehmen. Einen ganzen Tag habe ich Schränke leer geräumt, Sachen hin- und hergetragen und aussortiert, einen ganzen Container voll. In der Nacht schlief ich schlecht. Manchmal schreckte ich hoch und meinte, tief in der Erde aus dem stillgelegten Schacht ein Klopfen zu hören. Da ich schon eine Flasche Klaren geleert hatte, kroch ich über die Dielen und klopfte zurück. Plötzlich aber klang es hohl unter einer der Dielen. Als ich das Brett löste, fand ich eine

Schatulle mit Fotos und Briefen. Eines der Fotos zeigte Großvater in Wehrmachtsuniform auf der Böhmerland, hinter ihm auf der Sitzbank die Großmutter und Vater, vielleicht zehn Jahre alt, hockte stolz auf dem Notsitz. Auf diesem Foto hatte die Böhmerland schon keinen Motor mehr. Unter einigen Feldpostbriefen des Großvaters war auch ein späterer Brief mit einer russischen Briefmarke. Es war jener Brief, der der Großmutter die Worte vom herzlosen Schuft eingegeben hatte.

Großvater schrieb vom Krieg. Er schrieb von Dreck und Kälte und Hunger und wie er verwundet wurde. Er schrieb, wie er allein in einem Erdloch lag, das er schon zu seinem Grab bestimmt glaubte. Und er schrieb von einer Russin, die ihn aus dem Loch zog und seine Wunde verband.

Ich erschrak. Die Sanitäterin. Für einen Moment hatte ich das Gefühl, dass meine Stanniolpapierschlacht auf dem blauen Motorrad Wirklichkeit geworden war. Dass meine Imagination die Dinge verändern konnte, selbst wenn sie schon vergangen waren. Ich erfuhr also, dass ich mit Hilfe der Sanitäterin Großvaters Leben gerettet, aber seine Rückkehr zur Großmutter verhindert hatte.

Nein, schrieb der Großvater, sie hat mir die Wahl gelassen, zu den Unsrigen zurück zu gehen oder mit ihr zu kommen. Ich weiß nicht, schrieb der Großvater, was ich in diesem Moment entdeckte, meine Liebe zu dieser Sanitäterin oder zum Leben. Jedenfalls bin ich mit ihr gegangen.

Ich erfuhr, dass Großvater die ganzen Jahre an der Wolga gelebt hatte. Nun aber, schrieb er, da ihm eine schwere Krankheit nicht mehr viel Zeit zum

Leben lasse, plage ihn das Gewissen der Großmutter gegenüber. Außerdem müsse er vor seinem Tod dem Jungen, damit meinte er meinen Vater, noch mitteilen, wo der Motor der Böhmerland vergraben sei. Denn es könne ja sein, dass der Junge Geld brauche, dann könne er das Motorrad verkaufen. Es sei sicher einiges wert inzwischen. Oder vielleicht wolle der Junge ja damit fahren. Er habe ihn leider nur ein einziges Mal mitnehmen können. Ein einziges Mal, an das er sich noch ganz genau erinnere, über die Felder seien sie gefahren, durch die Allee in die Stadt. 121 Stundenkilometer, das war Spitze. – Ach, der Junge, schrieb er, sei ja inzwischen auch schon ein Mann, der sicher selber Kinder habe, vielleicht einen Sohn. Na, dann könnten die beiden ja zusammen …

Ich holte eine Lampe und den Spaten aus dem Schuppen, ging in den Garten, grub unterm Kirschbaum, stieß wieder auf Arcos Überreste, grub diesmal aber tiefer und fand ein großes in Sackleinen und Ölpapier eingewickeltes Paket. Es war der Motor der Böhmerland.

Ich habe den Motor auseinandergenommen, gereinigt und wieder zusammengesetzt. Ich habe die Böhmerland aus der Scheune geschoben und habe sie von Strohstaub, Hühnerdreck und dem Hundeschädel befreit. Dann habe ich den Motor eingebaut und Benzin in den Tank gefüllt. Ich habe das Motorrad sorgfältig gereinigt, geölt und die Chromringe der blauen Lampen poliert.

Ich weiß nicht, wie vieler Versuche es bedurfte, aber irgendwann sprang der Motor an. Das Herz des blauen Mohikaners hatte wieder zu schlagen begonnen.

Mit einem Mal wusste ich, was ich zu tun hatte. Ich fuhr zur Wohnung meiner geschiedenen Frau. Als ich klingelte, öffnete ein etwa zehnjähriger Junge. Es war mein Sohn.

Ich sagte: Weißt du, was unten vor der Tür steht?
Der Junge sah mich fragend an.
Dort steht ein blaues Motorrad, eine Böhmerland!

Aus dem Badezimmer hörte ich die Stimme meiner geschiedenen Frau: Wer ist denn da an der Tür, Liebling?
Der Junge schlug mir die Tür vor der Nase zu und ich hörte ihn drin rufen: Ach, da war bloß ein fremder Mann aus Böhmerland.

(2003, erschienen in: Muschelhaufen Nr. 43. – Hrsg. Erik Martin)

Unten am Fluss

In großen Bögen durchfließt die Unstrut aus dem Eichsfeld kommend den Nordwesten Thüringens, bevor sie bei Naumburg in die Saale mündet. An ihrem Unterlauf zwischen zwei Höhenzügen gründeten am Rande einer sumpfigen Aue im Jahre 1140 Augustinermönche ein Kloster.

Es ging die Legende, dass zu jener Zeit am anderen Ufer des Flusses noch eine Gruppe Satyrn ihr Unwesen trieb. Es hieß, dass diese bocksbeinigen und gehörnten Naturgeister zu Zeiten Kaiser Konstantins aus ihren mittelmeerischen Heimatländern in die zwar unwirtlich kühlen, aber damals noch heidnischen Gegenden nördlich der Donau emigriert seien.

Wie seinerzeit üblich, wurden die Satyrn als Teufel bezeichnet, denen sich anzunähern das Seelenheil gefährde. Aufklärerische Geister behaupten, die Warnung, durch christliche Metaphorik verstärkt, habe lediglich den sumpfigen Wiesen jenseits des Flusses gegolten.

Da sich keine weiteren Überlieferungen an diese Sage knüpfen, lässt sich vermuten, dass Mönche und Satyrn durch den Flusslauf getrennt bis zur kursächsischen Reformation im Jahre 1540 friedlich nebeneinander lebten.

Der Bau, der inzwischen als Schule diente, ging an einem Karfreitag des Jahres 1686 in Flammen auf. Als die Über-

reste fünfzig Jahre später einem Neubau wichen, war von dem ehemaligen Kloster lediglich eine einzige Inschrift geblieben. Der Stein, der sie trug, war lange Zeit Teil einer die Uferböschung stützenden Mauer gewesen, bis er in den siebziger Jahren des zwanzigsten Jahrhunderts wieder zum Vorschein kam.

Dieser Stein muss nach Aussage von Fachleuten einst Teil der Wand einer klösterlichen Zelle gewesen sein. Vermutlich hatte einer der Mönche dort die folgenden Worte eingeritzt:

Wem, Herr, soll ich folgen, wenn nicht den Flüssen ...

1. Kapitel

Wir waren auf dem Weg hinunter zum Fluss. Als wir den Innenhof durchquerten, tauchte im Torbogen eine Gestalt auf. Sie trug in der Hand einen Koffer. Gegen die tief stehende Sonne anblinzelnd sahen wir lediglich einen Schemen, von dem wir einen Moment lang nicht wussten, ob er kam oder ging.

Dann, am Abend des 27. April, betrat Hubert Fiedler das Kloster. Er hatte, so die Gerüchte, die vor ihm eingetroffen waren, einige Liebschaften und nicht weniger Streitereien mit der Obrigkeit hinter sich. Hubert war 16, wie wir. Die Liebschaften hatten Miniröcke getragen und die Obrigkeit vornehmlich das Lehreramt ausgeübt. Dass Hubert dennoch diese Schule besuchen und mitten im Schuljahr hierher wechseln durfte, ließ auf außergewöhnliche Talente oder auf ebensolche Beziehungen schließen.

Wir waren schon ein halbes Jahr hier und blickten herablassend zu dem Neuen hinüber. Wir, das hatte uns bei unserer Ankunft mit rollendem R der Direktor versichert, seien keine Mönche und diese einstige Schule für Fürsten gehöre für immer dem Volk. Wir sollten uns einer strahlenden Zukunft würdig erweisen und lernen, lernen …

Das war 1971 gewesen. Janis Joplin, Jimi Hendrix und Jim Morrison waren tot. Walter Ulbricht hatte noch zwei Jahre und Erich Honecker noch zwanzig zu leben. Dass einer von uns in der Zeit dazwischen dieses Schicksal teilen könnte, lag damals für uns außerhalb jeglicher Vorstellung.

Eine Weile standen wir noch vorm Eingang des Internates herum. Die Zukunft, nicht die, von der Direktor Bartonetzky gesprochen hatte, würde jeden Moment vorbeikommen. Wir warteten auf die Dreifünfer. Eine Dreifünfer war eigentlich ein Motorrad mit 350 ccm. Wenn man bedenkt, dass unsere Mopeds 50 ccm, Berts MZ 150 und man eine Maschine mit mehr als 250 ccm nur sehr selten auf den Straßen zu sehen bekam, dann war Dreifünfer das größte Kompliment, das uns beim Anblick von Biggis Brüsten einfallen konnte.

Später saßen wir auf dem Bootssteg und rauchten. Etliche Bretter des Stegs waren morsch und einige fehlten. Der Steg hatte vermutlich jahrelang kein Boot mehr gesehen. Wer sollte auf dieser schmutzig graubraunen Brühe auch Boot fahren? Mit Ausnahme der Galeerensklaven, so nannten wir die Ruderer des Sportclubs, mit Sicherheit niemand. Wir irrten. In einem alten Kahn stakte eine Gestalt vorüber. In froschgrünem Mantel und mit zerbeultem Hut wirkte sie wie einem Edgar-Wallace-Film entsprungen. Es war aber nur unser Nachtwächter, wir kannten ihn schon. Paternick kam des Öfteren mit dem Kahn von seinem flussaufwärts gelegenen Häuschen nach den Internatsfledermäusen zu sehen, die, wie wir, seinem Schutz anvertraut waren. Wir grüßten, er lupfte stumm seinen Hut und verschwand hinter der Flussbiegung.

Ich habe gelesen, sagte Bert und strich sich über seine unzeitgemäße Stoppelfrisur, Jim Morrison ist in der Badewanne ersoffen. – Hat jemand im Internat eine Wanne gesehen?

Bert blinzelte vogelköpfig in die Runde und genoss wie immer die nachhaltige Wirkung seiner hageren Sätze. Natürlich war klar, dass Bert seine Frage philosophisch und nicht hygienisch gemeint hatte. Aber Ulle, der gerade versuchte, eines der losen Bretter mit einem Stein festzuklopfen, Ulle antwortete prompt: Nee, alles nur Duschen. Sag bloß, du warst die ganzen Monate noch nie im Duschraum?

Bei Ulle dachte man oft, dass er naiv war. Wenn er aber dann seine blonde Tolle mit einer Kopfbewegung aus den Augen warf, die breite Stirn leicht runzelte und hochsah, merkte man, dass er einen nur frotzeln wollte.

Die Zukunft, fuhr Bert unbeirrt fort, ist tot. Woodstock, sagte er und faltete seinen langen Körper in Sitzposition, Woodstock war gestern.

Wir kneteten unsere Joints in den Fingern und nahmen mit einem wissenden Blick unter den schweren Lidern einen Zug.

Scheiße, schniefte Gunni mit rundem Sommersprossengesicht, möchte zu gern wissen, wie echtes Gras schmeckt. Er warf seine leere Salemschachtel ins Wasser und stieß mich an: He, old Henri, schieb mal noch 'ne Lunte rüber!

Rauch Efeu, knurrte ich, fingerte dann aber doch meine Schachtel aus der Hose.

Gunni Illfeld war der Experimentierfreudigste von uns. Er hatte schon Efeublätter geraucht und in den Tafelschwamm onaniert. Zumindest hatte er das, wie ein rotlockiger Kobold auf dem Lehrertisch stehend, behauptet, und die Mädchen damit zu einem Kreischkonzert veranlasst. Jetzt hatte sich die tief stehende Sonne in seinem rotblonden Kraushaar verfangen und auch die Zeit hing irgendwo fest.

Die Zukunft, hatte Ulle am Morgen doziert, die Zukunft ist rot. Er richtete seine Tolle und ließ den Zeigestock wie ein General über die Karte gleiten. „Erde, Politische Übersicht, Maßstab 1:90 000 000". In seiner überzeugenden Schlichtheit hat dieses topographische Weltbild Millionen Schülerhirne geprägt. Und mancher vor uns hat sich, über den Atlas gebeugt, an seiner Heiligen Dreifarbigkeit ergötzt. Auch Klaus-Ullrich Habelung, Ulle genannt, hatte rhetorisch die Farben verschoben, hatte dargelegt wie das schmutzig verwaschene Rot – liegt an den Druckereien, sagte der Lehrer – das matte Blau ablösen wird. Da unten, die Länder in frischem Minzgrün, befreit vom Joch der Kolonisation, stoßen jetzt schon nach und nach von selber dazu. Das ist die Weltrevolution, Ulles stämmiger Rücken, schien noch breiter zu werden, das ist die Ablösung des Kapitalismus durch den Sozialismus, eine Gesetzmäßigkeit, Ulle ballte die Fäuste, eine historische noch dazu.

Na, na, Klaus-Ullrich, korrigierte Dr. Hertel nachsichtig, das mit der Weltrevolution ..., erst kommt mal die Entwickelte Sozialistische Gesellschaft. Doch eines Tages, aber vielleicht schon im Jahr 2000, sagte der Lehrer, seht ihr hier alles rot.

Wie? Alles oder alle?, kicherte es unter Gunnis rötlicher Korona hervor.

Im Jahr 2000. Endlich Kommunismus: Jeder nach seinen Bedürfnissen. Wir dachten an Mädchen. Wir rechneten aus, wie alt wir dann wären. Über 40. Verdammt, das war ja schon so gut wie tot.

—

Im Sommer des Jahres 2000 stand ich am Ufer der Elbe in Hamburg. Eine Kippe nach der anderen schickte ich auf die Reise ins Meer. Ich konnte mich nicht entschließen, das zu tun, weshalb ich hergekommen war. An der Nordsee, hatte ich gedacht, wäre ein guter Ort, einen Roman zu beginnen. Der Held meiner Geschichte sollte hier in Hamburg ein Schiff besteigen, um nach Indien zu reisen, ins Indien des Jahres 1568, ins Reich der Mogule.

Es war einfach unmöglich, sich hier in dieser modernen lärmenden Stadt die beschauliche Hansestadt von einst vorzustellen. Doch ich wusste, dies allein war es nicht. Mein Held, ein entlaufener Mönch, weigerte sich regelrecht, mir hierher zu folgen, geschweige, dass er sich auf eine Hansekogge nötigen ließ, um den Religionshändeln des Kontinents zu entfliehen und am Ganges ein Reich der Toleranz und des Friedens zu finden. Stattdessen lungerte er hier in den Kneipen herum. Was hinderte ihn, auf die Reise zu gehen? Was hielt ihn fest?

Ich starrte auf die träge dahin strömenden Wasser und dachte, so ist das also, immer wieder stehst du am Ufer eines Flusses und starrst aufs Wasser. Ratlos. Ein Penner ließ sich auf der Bank hinter mir nieder. Er grüßte mich wie seinesgleichen.

Ich musste mich dringend um meinen Sohn kümmern. Sieben Jahre hatte ich Ben nicht gesehen, eine zu lange Zeit. Während ich von Job zu Job hangelte und nebulösen Projekten, wie diesem Roman, hinterherzog, war mein Sohn herangewachsen. Ohne mich. Was Gina mir am Telefon gesagt hatte, konnte ich anfangs nicht glauben: Ben wollte in den Krieg. Er wollte sich freiwillig melden und dort runter, auf den Balkan, dieser Idiot. Als ich in seinem Alter war, da … früher, da … damals, da … all diese dummen Sätze rumorten in meinen Kopf. Die Sätze krümmten sich, verschlangen und verknäuelten sich, kreisten und zeugten mit einem kleinen Urknall eine Idee: Love & Peace & Music. Birdland. Die Band. Noch immer war ich musikalisch ein völliger Laie, damals hatte ich ein bisschen getextet und ansonsten die andern, vor allem Hubert, bewundert. Ich weiß nicht, ob ich ernsthaft glaubte, dass die Band noch einmal auftreten könnte. Wenn ich es mir vorstellte, dann sah ich mich neben Ben, meinem Sohn, im Publikum sitzen. Vielleicht war er doch noch nicht verloren.

–

Es musste etwas passieren, wir konnten doch nicht nur dasitzen und warten. Die Abendsonne tanzte auf dem Fluss wie auf einem blinden Spiegel. Unsere Kippen machten sich auf die Reise. Im Ufergehölz sang eine Amsel.

Als wir auf den Schlafsaal kamen, waren zwei Elfer gerade dabei, dem Neuen, also Hubert, die Bohnerweihe zu verpassen. Das hieß, der Delinquent wurde an den Füßen gepackt und mit dem nackten Hintern über die geölten Dielen gezogen. Wir sahen uns die Angelegenheit an, gespannt, wie sie ausgehen würde. Die meisten zappelten und wehrten sich vergebens.

Hubert aber schwieg und war blass, aber er hatte einen Blick drauf, der einen innerlich zu Staub zerfallen ließ, so voller Verachtung war dieser Blick.

Die Elfer hielten, noch einen Moment lang unentschlossen, Huberts Arme gepackt. Dann ließen sie los und einer von ihnen furzte mit einem verlegenen Grinsen.

Nach einigen fachsimpelnden Gesprächen über Mädchen, Musik und Mopeds zog Ruhe ein. In der Ecke quietschte und wackelte noch ein Bett. Wahrscheinlich Gunni, der an Biggi dachte. Während ich noch überlegte, ob ich mir nicht auch einen runterholen sollte, schlief ich ein.

Nun, Hubert, wie geht's deinem Vater?

Hubert schüttelte unwillig seine schwarzgelockte Haarmähne, so wie ein Pferd lästige Fliegen verscheucht. Seine Brauen, dicke schwarze Balken, schoben sich über der Nasenwurzel zusammen. Dann drückte er seine schlanke Gestalt aus der Bank und sagte: Wie geht es Ihrem Vater ...

Dr. Hertel wurde etwas blass. Es war plötzlich

sehr still in der Klasse. Die Sache war spannend. Nach zwei Stunden Rechnen mit Unbekannten die erste Abwechslung an diesem Tag. Wir wussten, dass Hertels Vater im Westen lebte und dass dies keiner wissen sollte, weil es Hertels Autorität als Staatsbürgerkundelehrer hätte untergraben können. Es gab, wie von den meisten Verschwiegenheiten, nur ein Gerücht. Dieses Gerücht steckte den hertelschen Erzeuger in Reithosen und ein Hemd von undefinierbarem Braunton, dessen Armbinde ihn um so eindeutiger identifizierte. Schließlich wussten wir Bescheid, hatten an den Samstagnachmittagen unserer Kindheit vom guten alten Professor Flimmrich doch gezeigt bekommen, wie so ein dumper SA-Mann aussieht: etwas dicklich und brutal. Und wir befanden, dass so einer zu Recht von hier verschwunden war. Auf einem amerikanischen Panzer, hieß es. Gefangen? Geflüchtet? Egal, auf jeden Fall im Westen. Der Westen: Arbeitslose, Drogentote, alte Nazis … Da konnte Hertel nur erblassen.

Hubert ließ sich gelassen in die Bank sinken. Über seinem sanften Lächeln schwebte der dunkle Flaum eines werdenden Bartes. Dann wiederholte er: Wie geht es *Ihrem* Vater – so sollte Ihre Frage lauten. Ich möchte, dass Sie mich siezen, Herr Doktor Hertel.

Hertel wusste nicht, ob er erleichtert oder eingeschnappt sein sollte. Wir prusteten los. Wir ahnten nicht, dass eines Tages ein Missverständnis ähnlicher Art unser Verbleiben an der Schule in Frage stellen sollte. Es wurde Teil jener Lehre, die besagte: nicht was du meinst, ist entscheidend, sondern was andere dabei denken. Wer dies begriffen hatte, zog es vor, durch Druckerschwärze autorisierte Sätze zu gebrauchen, wobei es dann darauf ankam, sich auf Deutsche Demokratische Druckerschwärze zu beschränken. Dass auch dies nicht immer half, davon wird später zu erzählen sein. Und Hubert war sowieso schwer von Begriff.

Meinem Vater, fuhr Hubert jetzt betont sachlich fort, geht es nach eigenen Aussagen gut. Ich habe nie etwas anderes von ihm gehört, als dass es ihm gut geht. In unserer Familie geht es prinzipiell allen gut.

Dafür ist unser Staat ja da, sagte Hertel, dass es allen gut geht. Die rhetorische Frage nach den Gründen für solch allgemeine Wohlfahrt erlaubte Hertel den nahtlosen Übergang zu den Drei-Quellen-Und-Bestandteilen-Des-Marxismus. Bert Römer, Ihr Referat! Hertel sackte hinter den Lehrertisch, nahm die Brille ab und massierte nachdenklich seine fleischige Nase. Es sah so aus, als verließe er sich darauf, dass Berts Vortragskunst ihm zehn Minuten Ruhe verschaffte.

Bert schnurrte seinen Vortrag herunter, lächelte schmallippig und forderte uns auf, Fragen zu stellen. Da alles schwieg, malte Hertel in Schönschrift und mit bunter Kreide das Stichwort „Weiterentwicklung" an die Tafel. Sofort schnippten die Finger einiger Mädchen und der Name Lenin erscholl. Gunni rief fröhlich von hinten: Stalin. Hertel drohte freundlich mit dem Finger. Nur Hubert schien den Unterricht ernst zu nehmen und fragte nach Ernesto Che Guevara.

Hertel ächzte. Berts schmale Augen blitzen. Natürlich konnte Hubert als Neuling nicht wissen, dass

Bert erst vor kurzem seinen auf die Tapete unseres Zimmers gemalten Che Guevara eigenhändig hatte überpinseln müssen. Weil, so die Heimleiterin, der linke Radikalismus eine Kinderkrankheit sei und die Tapeten Volkseigentum.

Der Name des Argentiniers gehörte zu jenen selten gedruckten oder ausgesprochenen Wörtern, die von einem gewissen Geheimnis umgeben waren. Dass diese Wörter kaum in den Zeitungen und Lehrbüchern, noch weniger in den Versammlungen der Freien Deutschen Jugend vorkamen, machte ihre Faszination aus. Diese Wörter hatten außerdem die Gabe, einen Lehrer vom Unterrichtsthema abzubringen und zu erholsamen Monologen zu veranlassen. Diese Monologe zielten in der Regel darauf ab, die Gefahren für den Weltfrieden darzulegen, welche vom Gebrauch solcher Wörter ausging. Einen von uns allerdings öffentlich damit zu konfrontieren, war ganz einfach dumm oder fies. Da hätte man gleich nach Gruppensex fragen können. Es war klar, dass Bert keine Lust hatte, darauf zu antworten.

Hertel aber ordnete seinen grauweißen Haarkranz und sprang seinem besten Schüler bei. Den Rest der Stunde referierte er über die kubanische Revolution.

Danach hatten wir eine Freistunde. Da es regnete, blieben wir auf dem Zimmer hocken und tranken unsere Frühstücksmilch.

Gunni, halb unter sein Pult gerutscht, jammerte, dass er nie begreife, was Bert da erzählt habe. Wir kannten das. Gunni wühlte in seinen roten Locken und jammerte solange, bis ihm einer Trost spendete oder ihn genervt anfuhr: Halt endlich die Klappe, Illfeld! Es handelte sich bei ihm wahrscheinlich um eine Art Ritus, mit dem Gunni sich vorm Büffeln bewahrte und gleichzeitig seinem Gewissen versicherte, dass er ja eigentlich guten Willens sei ... Dann im nächsten Moment wieselte er durch die Stube und schlug vor, auf den Schreck noch schnell eine rauchen zu gehen.

Du musst vor allem begreifen, sagte Bert, ohne das läuft hier gar nichts.

Das, das war die Sprache der hiesigen Zeitungen und Fernsehsender, die Sprache der Lehrbücher und Fahnenappelle, der Versammlungen und Ansprachen, die Sprache der roten und blauen Broschüren. Diese Sprache schmückte sich mit dem Attribut wissenschaftlich. Von anderen wurde sie Parteichinesisch genannt. Es war tatsächlich eine Fremdsprache. Doch wir kannten sie von Kindheit an. So war sie für uns zu einer zweiten Muttersprache oder besser gesagt Vatersprache geworden, die in die erste zu übersetzen ein Ding der Unmöglichkeit war. Und wie unmöglich erst, beide mit der Wirklichkeit in Übereinklang zu bringen. Aber, wir waren guten Willens. Wie Gunni.

Bert sagte: Ich habe gelesen ... und nutzte eine kunstvolle Pause, um seine Brechtfrisur zu striegeln. Berts Mutter war nämlich eine große Verehrerin dieses Dichters, was seinen Vornamen und seinen Haarschnitt hinreichend erklärte. Und Bert war ein großer Verehrer seiner Mutter. Ein Vater kam in seinen kurzen Mitteilungen von zu Hause nicht vor. Erst als wir Bert einmal von zu Hause abholten, begriff ich, dass jener Charlie aus seinen Berichten – Mann Leute, Charlie hat mich das Wochenende wieder genervt! – nicht sein kleiner Bruder, sondern sein Vater war. Charlie putzte gerade an einem uralten Motorrad rum. Seht euch das Maschinchen an: eine Böhmerland Baujahr 1934. Die wurden nach Mann und Maß gebaut. So was gibt's heut gar nicht mehr. Leider. Sonst würde man vielleicht ´ne Kardanwelle kriegen.

Mann, dieser Charlie war ´ne Nummer mit seinem Motorrad, das nur noch zum Staubabwischen taugte.

Von der Terrasse hörten wir Bert deklamieren: … ich bin nicht gern, wo ich herkomme. Ich bin nicht gern, wo ich hin will. Warum sehe ich den Radwechsel mit Ungeduld? – Natürlich Brecht.

Bert musste seiner Mutter jedesmal vorlesen, wenn sie sich eingeölt wie eine Sardine auf der Terrasse sonnte. Als er uns sah, winkte er kurz. Wir hörten noch ein paar Mal: Ja, Mama. Nein, Mama. Dann kam er und schob seine MZ aus dem Schuppen. Er hatte sie von Charlie geerbt. Der klopfte ihm auf die Schulter und guckte etwas wehmütig. Uns streckte er zum Abschied seine Linke entgegen. Jetzt erst bemerkte ich, dass ihm nicht nur eine Kardanwelle fehlte, sondern auch eine Hand.

Unter Tage abgequetscht, erläuterte Bert als wir später vorm Kulturhaus in A. rumstanden und auf den Einlass zu den Pudhys warteten.

Dein Glück, sagte Gunni, sonst würde dein Alter jetzt mit der MZ rumpreschen.

Da habe ich an Bert das erste und einzige Mal so etwas wie Wut erlebt. Du bist doch so blöd, Illfeld! Er wandte sich ab, zog sich den Helm über den Kopf und ließ uns stehen.

Ulle sah ihm verdutzt hinterher. Ich weiß nicht,

ob der überhaupt so gerne Motorrad fährt, wie er tut.

Was seine Frisur betraf, gab er jedenfalls zu, dass es seine Mutter war, die ihn zum Friseur scheuchte, sobald seine Haare auch nur den oberen Rand seiner Ohrmuschel berührten. Bert ließ sich zwar gerne von uns bedauern, was ihn aber nicht davon abhielt, durch mehr oder weniger scharfsinnige Beiträge seiner Haartracht Ehre zu erweisen. Da er bei einer seiner Tanten Zugang zu westdeutschen Zeitschriften hatte, verschaffte er uns mit seinen Lesefrüchten hin und wieder ein kleines Vergnügen. Ein Vergnügen, dass sich für den Angesprochenen allerdings oft als kleine Gemeinheit entpuppte.

An Hubert gewandt also wiederholte Bert: Ich habe gelesen, dass in der DDR ohne Beziehungen gar nichts läuft. Gut, dass du hier bist, Fiedler. Was war noch mal dein Vater?

Beziehungen? So, das hast du gelesen? Huberts schwere Brauen hoben sich. Manch einer, sagte er, muss eben erst nachlesen.

Der soll doch ein hohes Tier beim Kreis sein, assistierte Gunni. Er war gerade vorm Spiegel an seiner Schranktür beschäftigt und suchte zwischen seinen Sommersprossen nach Mitessern. Stimmt doch, Fiedler, oder nicht?

Ein hohes Tier? Und was für eins. Hubert kramte in seinem Spind. Es sah aus, als überlege er, womit er uns ablenken und gleichzeitig beeindrucken konnte. Später begriff ich, dass Hubert immer alles, auch manches nur so daher Gesagtes, sehr ernst nahm.

Das hier, Hubert zog ein Buch aus seinem Spind,

das sind hohe Tiere. Er schlug einen Bildband auf, Dali stand darauf.

Das erste, was ich von Hubert lernte, war also, was hohe Tiere sind. Elefanten, die wie dicke Spinnen unterm Himmel thronen und lange dünne Beine zur Erde herab wachsen lassen, Beine oder Saugrüssel.

Ulle lehnte breit am Fensterbrett, gurgelte mit einem Schluck Milch nach der Melodie der Internationale und bemerkte dann, dass dieser Dali doch irgendwie dekadent sei, bürgerlich eben. Ulle wusste von zu Hause, dass dekadent alles war, was nicht den Ordnungs- und Sauberkeitsvorstellungen seiner Mutter entsprach. Zu diesen Vorstellungen gehörten sechs tadellos gebügelte Oberhemden, die Ulle jeden Sonntagabend aus seinem Koffer in den Schrank räumte. Um den Bruch war ein sorgfältig ausgeschnittener Zeitungsrand gelegt. Auf diesen Merkstreifen, wie Ulle ihn nannte, waren die Wochentage in mütterlich sauberer Kugelschreiberschrift bezeichnet: Montag bis Samstag. Am Samstag zog Ulle die Merkstreifen heraus und warf sie in den Papierkorb. Er nahm das unbenutzte Montagshemd, knäuelte es zusammen und stopfte es in seinen Koffer. Dann nahm er das Dienstagshemd …, das Donnerstagshemd bearbeitet er zur Abwechslung mit den Füßen, das Freitagshemd wurde kurz über eine Marmeladenstulle geschwenkt und das Samstagshemd angezogen. Das Hemd, mit dem er am Sonntag gekommen war, hielt er sich ans Gesicht, sog dessen Geruch tief ein und sagte: Jetzt ist es richtig weich getragen.

Nach Ordnung also sahen zerlaufende Käseuhren

gewiss nicht aus. Und Ulle seine Tolle schwenkend wiederholte: Irgendwie dekadent!

Stark, sagte Bert und vertiefte sich interessiert in Huberts Buch.

Wir anderen, Ulle, Gunni und ich, blickten neugierig über Berts Schultern. Wir ahnten in diesen verrückten Bildern Möglichkeiten einer faszinierend fremden Welt, ohne sie zu begreifen. Umso mehr stieg Hubert in unserer Achtung. Einer, der Elfer in die Flucht schlägt, der den Hertel nervös macht, sich von Bert nicht ins Bockshorn jagen lässt und sich mit unverständlichen Dingen befasst, der musste schon was auf dem Kasten haben. Außerdem hatte Hubert eine echt starke Matte, schwarze Haare, die über seine Schultern rollten, etwas lockig. Nicht wie Gunni, diese zu kurz geratene verkupferte Hendrix-Ausgabe, sondern eher wie Jim Morrison von den Doors.

Eh Leute, rief Gunni begeistert und reckte den Hals, da ist sie!

Wir hechteten ans Fenster. Die Mädchen der Zwölften gingen in die Turnhalle hinüber.

Eine, Bärbel mit dem Kastanienblick, sah zufällig zu unserem Fenster hinauf. Gunni wurde rot wie sein Haar und griff sich ans Herz: sie hat mich angesehen, sie hat mich angesehen. Mich hat sie angesehen!

Gunni war der Einzige, der Herzattacke spielte, doch der Hoffnung, von diesem Blick gemeint zu sein, war fast jeder von uns.

Nur Bert blieb ruhig: Die hat doch 'nen Macker, ihr Eier! So ein Armist hat sie gestern mit dem Motorrad gebracht. Da habt ihr keine Chance, der klatscht euch auf wie nichts.

Bert reichte Hubert das Buch und sagte verächtlich: Möpse und Mopeds, mehr haben die nicht in der Birne!

Und Musik! sagte Gunni und legte mit einer imaginären E-Gitarre los. Vokalistisch fast perfekt imitierte er das Jaulen von Hendrix' Gitarre.

—

Gunni stöberte ich im Sommer 2000 in einem riesigen Getränkelager an der Alster auf. – Lagerleiter, klingt gut was? Fast wie General: Herr über tausend Flaschen. – Gunni hockte dort, etwas spärlicher rotlockig, aber noch immer leuchtend, in einem Verschlag zwischen Stapeln von Lieferscheinen und Werbeartikeln, in der Ecke glänzte still seine alte E-Gitarre.

Manchmal, sagte er, lass ich sie zwischen Becks und Jever jaulen. Mir sind dabei schon etliche Flaschen zersprungen. Gab's da nicht mal einen, der Glas zersingen konnte?

Klar, sag ich, Oskar hieß der, der wollte nicht erwachsen werden.

Wollten wollt ich auch, sagte Gunni, aber konnten konnt ich nicht. Die Sache mit der Band ... für einen Auftritt ... ich weiß nicht?

Was heißt hier e i n Auftritt? Wir könnten uns wieder richtig zusammenschmeißen, ein bisschen touren und so!

Gunnis Augen begannen zu leuchten. Er nahm seine Gitarre, stöpselte sie ein und plinkerte leise vor sich hin. Gleich würde er sagen: Weißt du noch ...

Weißt du noch, Ulles Recorder?

Oh man, bestätigte ich, das war schon eine verdammte Misttechnik damals. Und die Klampfe von deinem Alten erst.

Plötzlich schaltete Gunni den Verstärker aus und stellte die Gitarre zur Seite. Er wirkte beleidigt. Aber Spaß gemacht hat es doch, oder hat es dir etwa keinen Spaß gemacht?

–

Ulle warf seinen Radiorecorder an und machte bubumm bubumm, was wohl der Bass sein sollte. Zu Hause, so hatte er uns erzählt, besaß er tatsächlich einen echten Bass. Natürlich keinen Elektrobass, sondern so ein altes Ding wie die Vier Brummer. Sein Vater, wie Ulle behauptete, ein Verehrer dieser Band, hatte ihm das Instrument einmal zum Geburtstag geschenkt. Schönes Geschenk, brummte Ulle, hätte der mir nicht 'ne Flöte schenken können. Jede Woche musste ich das dicke Ding in die Musikschule buckeln. Bubumm, bubumm. Wir spielten mit. Einer nach dem anderen griffen wir zu unseren Instrumenten.

Was ist das, was du da spielst?! rief ich, meine Hammondorgel traktierend, zu Hubert hinüber.

Saxophon, rief er zurück.

Fetzt ein, eh, rief Gunni, ein Jazzman. Na, macht nichts.

Zusammen mit dem leiernden und rauschenden Background von Ulles Recorder waren wir für ein paar Minuten die wunderbarste Band dieser Welt.

Plötzlich stand das Hohe Tier im Zimmer. Abgesehen von der Tatsache, das es Schlips und Anzug trug, was wir von Erwachsenen gewohnt waren, erschien uns Huberts Vater als freundlicher, an den Schläfen angegrauter Herr. Er begrüßte uns mit „Hallo Jungs!" und machte eine Bemerkung von Fanfarenzug oder so. Dann stellte er Hubert eine Reisetasche hin.

Er erzählte etwas von kurzfristig nach Moskau und blickte dabei stolz in die Runde, als ginge es in den Weltraum hinauf. Als nächste Wichtigkeit erfuhren wir von einem medizinischen Kongress der Mutter in Prag. Deshalb seien da ein paar Sachen, weil Hubert ja nun sicher nicht nach Hause fahren, sondern lieber hier im Internat bleiben wolle, um zu lernen.

Herr Fiedler streckte seinem Sohn die Hand hin und es wirkte als reichten sich die Diplomaten zweier Staaten, die soeben einen Waffenstillstand geschlossen hätten, die Hände. Mit einem kumpelhaften „Ahoi Jungs!" verabschiedete sich Herr Fiedler von uns.

Ist doch nett, dein Alter, sagte ich.

Das ist sein Beruf, sagte Hubert, Leute einwickeln.

Am Wochenende fuhren wir wie immer nach Hause. Auch Hubert. Bin doch nicht blöd, sagte er und lass mir ´ne sturmfreie Bude entgehen.

Hubert kam aus dem Eichsfeld. Er hätte auch dort das Abi machen können, habe aber weg gewollt von zu Hause und sei es in ein Internat. Doch eigentlich, so erzählte er mir später bei einem unserer Nachmittage am Bootssteg, eigentlich habe ihn der Vater bloß abgeschoben. Natürlich war es ihm peinlich, seines Sohnes wegen in die Schule bestellt zu werden, noch peinlicher war ihm, dass sich das in Huberts Kaff herumsprach. Mal war es eine flapsiger Bemerkung gewesen, mal die Zigarette auf dem Klo, mal der Taschenspiegel für Blicke unter Mädchenröcke. Keine großen Dinger also. Aber, hieß es, der Fiedler ist selber Pädagoge, Genosse noch dazu und der kriegt seinen eignen Sprössling nicht in den Griff. Probleme abschieben, sagte Hubert, darin ist mein Vater groß. Aber der hat mich nicht gezwungen, der zwingt nicht, der erfüllt Wünsche, der sagt: Hubert, es war doch schon immer dein Wunsch, etwas unabhängiger zu sein.

Was ich mir wirklich als Kind schon wünschte, war dem Lauf der Unstrut zu folgen. Siehst du, sagte er und spuckte ins Wasser, und jetzt bin ich hier.

Später einmal, das war als ich Hubert zu unserer ersten gemeinsamen Tramptour abholte, lernte ich seine Eltern näher kennen. Ich fand sie nett. Sie hatten eine Menge Bücher rumstehen und legten uns zuliebe sogar die BEATLES auf statt Bach. Das Einzige was mich störte, war eine große sabbernde Dogge.

Während Huberts Vater nebenan am Plattenspieler hantierte, begann Hubert Ulbricht zu imitieren: Die ewige Monotonie des yeah yeah yeah ... Frau Fiedler warf ihrem Sohn einen flehenden Blick zu. Hubert schwieg und sein Vater bemühte sich, lustige Anekdoten aus seiner Jugend zum Besten zu geben, wie sie noch Fernsehantennen verdreht hätten, damit die Leute den Schwarzen Kanal nicht sehen konnten. Ich fand das witzig und lachte.

Hubert kommentierte: Er meint nicht den Schnitzler, sondern das Westfernsehen.

Na ja, fuhr Herr Fiedler fort, heute sind wir da doch viel freier. Aber die Platte, erläuterte er mir, nicht dass du denkst … *Die* ist aus Ungarn. Und nicht ohne stolz fügte er hinzu: Ein Geburtstagsgeschenk für unseren Hubert.

Hättest mir lieber hier die Satchmo-Platte kaufen sollen, nun ist sie ausverkauft.

Hubert, Gerhard, bitte!

Hubert schwieg und Herr Fiedler erzählte die nächste lustige Anekdote. Hubert und seine Mutter wirkten dabei sehr gelangweilt. Beide waren sich sehr ähnlich, sie hatten nicht nur den gleichen abwesenden Blick, wenn Herr Fiedler redete, sie hatten auch die gleichen dunklen Locken und die sehr helle fast durchscheinende Haut. Huberts Vater tat mir eigentlich ein bisschen leid. Ich hatte das Gefühl, dass er sich sehr anstrengte, um seine Frau und seinen Sohn etwas aufzumuntern. Na, wenigstens hatte er seine Dogge, die ihn fröhlich abschleckte, wenn er sie rief. Die Dogge schien Huberts Vater zu inspirieren, denn er begann vom Kommunismus zu reden. Das war sein Beruf, denn er arbeitete an so einer Schule, wo er seine Genossen ein wenig auf Vordermann brachte, wie er sagte, für den Klassenkampf. Ach ja, wir sollten aufpassen in Polen, bei denen wisse man nie.

Anschließend drehten wir eine Runde durch den Ort, um eine zu rauchen. Hubert zeigte mir bei der Gelegenheit ein kleines Bächlein. Das ist die Unstrut, sagte er. Hör dir das Wasser an: das ist Musik. Und die hört nie auf!

—

Am anderen Ufer des Flusses erstreckten sich einige Gärten, Wiesen und Weiden hie und da von Hecken und Baumreihen durchzogen. In einem Netz von Gräben sammelte sich das Wasser des ehemals sumpfigen Geländes.

Man hätte an milden Frühlingstagen einige junge Satyrn dort sehen können, die zwischen den Büschen umhersprangen, sich jagten und neckten, rauften und hin und wieder einander besprangen, als übten sie sich im Begatten.

Man hätte sie sehen können. Es hat sie keiner gesehen. Und wenn, so hätte er sie wahrscheinlich für eine kleine Herde Ziegen gehalten, die sich etwas merkwürdig gebärdete.

Ein Mönch saß abseits am Ufer und schnitzte an einer Flöte. Seine Tonsur hatte über der Stirn zwei Wirbel, die aussahen wie Hörner. Sein linker missgestalteter Fuß steckte in einem ledernen Schuh, der rechte, nackt, in einer Sandale. Die Flöte war fertig. Der Mönch setzte sie an die Lippen. Jeder Ton war wie eine sich öffnende Muschel, vom Meer durchströmt, bereit für die Perle. Niemand hörte ihm zu, doch das war für den Mönch ohne Bedeutung.

2. Kapitel

Es muss an einem der letzten Junisonntage vor den Sommerferien gewesen sein. Ich war ziemlich zeitig gekommen, so gegen fünf. Zu Hause gab es zu der Zeit oft Ärger, mal waren es meine langen Haare, die nach Meinung meines Vaters eine Schande für die ganze Friseurinnung wären. Meine Eltern hatten damals ein Friseurgeschäft, so dass es mein Vater persönlich nahm, wenn ich nicht als Muster seiner Haarschneidekunst durch die Gegend lief. Zwar sprang mir meine Mutter bei, die mir bescheinigte, dass der Junge schließlich jeden Samstag zwei Stunden mit Waschen-Kämmen-Fönen zubrächte. Da soll er doch zum Damenfriseur gehen, war die Antwort meines Vaters. Dieser blöde Witz gefiel ihm. Er hat ihn immer wieder gebraucht, offenbar als Wiedergutmachung für mein geschäftsschädigendes Verhalten.

Wenn es am sonntäglichen Kaffeetisch nicht gerade um den Niedergang der Sitten durch Gammler und Negermusik ging, dann um die Zukunft des Friseurgeschäfts. Meine große Schwester war dazu ausersehen, den Laden zu übernehmen. Mein Vater, nachdem er den goldenen Handwerksboden beschrieben hatte, warnte vor der Gefahr der Übernahme durch die Kommunisten, wenn sich kein Nachfolger fände. Er verlieh der Dringlichkeit seines Anliegens Nachdruck, indem er sich von Mutter Baldrian auf Zucker träufeln ließ.

Eins zwei … Denkt doch mal … drei vier … an Papas Herz … fünf … Was soll denn … sechs … werden … sieben. So, Papa!

Schwesterlein hat sich nicht beeindrucken lassen. Sie war entschlossen, nach Abschluss ihrer Lehre nach Leipzig oder Berlin zu gehen. Eine Sache, die ich gut verstand, wobei ich gleichzeitig fürchtete, dass Vater, wäre sie erst mal außer Reichweite, umdisponieren und mich zu seinem Nachfolger ausersehen könnte.

Als Kind hatte ich oft stundenlang im Laden gesessen und inmitten des Dufts von Haarwässern und Zigarren, den Gesprächen der Männer gelauscht. Immer wieder hatte es in diesen Gesprächen Scherze, einzelne Worte und Wendungen gegeben, die ich nicht begriff, doch die gerade deshalb Nachrichten aus dem geheimnisvollen Leben der Erwachsenen enthielten. Ein Geheimnis meines Vaters stand in einem Schränkchen hinter Haarwasser und Shampoo-Flaschen: Wilthener Weinbrand. Das andere hing mit dem Krieg zusammen. Geschichten vom Krieg hörte ich am liebsten. Dann mischte sich Pulverdampf in den blauen Zigarrenrauch, die Schere klapperte und das Haarwasser duftete. Da ging es um eingefangene Spanferkel in der Ukraine oder Kisten französischer Weine, die durch feindliche Artillerie bugsiert wurden. Mein Vater, der es sonst nicht unterließ, einer Neuigkeit eine noch neuere Neuigkeit hinzuzufügen und eine alte Geschichte mit einer noch älteren zu erklären, mein Vater schwieg zu diesen Anekdoten. Es war ein Schweigen, das er vergebens mit eifrigem Scherengeklapper zu übertönen versuchte.

Nur einmal hörte ich ihn von einer Sava erzählen. Es dauerte ein Weilchen, bis ich begriff, dass Sava nicht der Name einer Frau, sondern ein Nebenfluss der Donau war.

Nun, tönte es aus dem Rasierschaum seines Kunden, muss ja nicht viel los gewesen sein da unten im alten Banat.

Was soll gewesen sein, schnaufte mein Vater und strich das Messer übers Leder, wie das so ist in Gefangenschaft: Läuse und Kohldampf. Aber, fügte er versonnen hinzu, schöne Ikonen hatten die in ihren Kirchen. Ich meine, in denen, die noch standen.

Läuse und Kohldampf, fand mein schulgeschärftes Bewusstsein, waren eigentlich eine sehr gelinde Strafe dafür, dass man einen Krieg mitmachte. Es dauerte nicht lange, da fand ich die Friseurladengespräche nur noch kleinbürgerlich und öde. Vielleicht lag es auch daran, dass der Raum zwischen den Geschichten auf dem Frisierstuhl und denen aus dem Schulbuch für mich immer schwerer auszufüllen war. So beschloss ich irgendwann, dass ein Leben in Anzug oder Blaumann mit Halblangschnitt und Blasmusik völlig uninteressant war.

Meine Abneigung gegen Scheren tat ein Übriges. So konnte ich meinen Eltern nur zureden, als es an diesem Sonntagnachmittag, um den Eintritt des elterlichen Geschäfts in eine Produktionsgenossenschaft des Handwerks ging.

Dass meine Mutter sich geregeltere Arbeitszeiten und weniger Papierkrieg davon versprach und meine Schwester, wie ich auch, eine Lösung des Nachfolgeproblems, konnte mein Vater noch hinnehmen. Da begann ich leichtsinnigerweise von der historischen Überlegenheit genossenschaftlichen Eigentums an Produktionsmitteln zu sprechen. Hertel hätte mir sicher eine Eins gegeben, von meinem Vater bekam ich einen Anranzer. Und er die doppelte Dosis Baldrian. Gammler und Kommunisten ist alles eins, schimpfte er. Einzig wir Privaten halten den Laden hier am Laufen!

Junge, rief mir meine Mutter nach, erzähl so was bloß nicht in der Schule.

So war es gekommen, dass ich es auch an diesem

Sonntag vorgezogen hatte, beizeiten meine Tasche zu packen, mich auf mein Moped zu schwingen und nach R. zu brettern. Natürlich ist brettern ein ziemlich gewagter Ausdruck für 60 Stundenkilometer. Wenn ich mich wie eine Flunder über den Tank legte und die Windverhältnisse günstig waren, schaffte meine Kiste sogar 65 Stundenkilometer. Unsere Mopeds hießen damals Schwalbe, Star oder Habicht. Und wenn wir manchmal in kleinen Pulks ausfuhren, dann gab das schon ein kleines Easyrider-Gefühl her. Glücklicherweise griffen die hiesigen Spießer nicht zur Flinte, sondern sich höchsten mit der Hand an die Stirn.

Mein Habicht war, wie gewohnt, der erste im Schuppen. Als das Knattern des Motors verstummt war, hörte ich plötzlich diese Musik. Es war, das erkannte ich gleich, TAKE FIVE von Paul Desmond und es war weder Radio noch Tonband, da spielte einer live Saxophon und es kam aus dem Internat. Ich stürmte nach oben, mir war klar, das konnte nur Fiedler sein.

Als ich unser Zimmer betrat, war er gerade dabei, sein Saxophon zu verstauen. Hubert schien schlecht drauf zu sein. Trotzdem ließ er mich das Saxophon mal ausprobieren. Leider bekam ich keinen Ton raus.

Inzwischen hockte Hubert über seinem Biobuch. Ich bekam einen Schreck. Ach, verdammt. Morgen gibt's ja 'ne Kontrollarbeit. Also packte ich mich auch an den Schreibtisch. Zwischen Dissimilation und Assimilation besprachen wir den Spätfilm vom Samstagabend, Hitchcocks VÖGEL. Außer, dass Hubert die Stelle, wo die Vögel durch den Kamin ins Haus eindringen unrealistisch fand – wie soll das gehen, ein Vogel stürzt sich nie in ein dunkles Loch – erfuhr ich, dass Hubert mit seiner Kirsche, also mit seinem Mädchen, Schluss gemacht hatte.

Das bringt eh nix, so eine Wochenendehe, sagte ich und tat als hätte ich derlei schon hinter mir.

Das hat sie auch gesagt, knurrte Hubert und ich begriff, dass er derjenige war, mit dem Schluss gemacht worden war. Das beeindruckte mich. Schließlich war es Hubert, der perfekt TAKE FIVE hinlegte, es mit Hertel aufnahm und dem das Gerücht vorausgeeilt war, an jeder Hand fünf Mädchen zu haben. Dass ich bisher über ein bisschen Knutscherei nicht hinaus gekommen war, schien mir jetzt weniger tragisch.

Eines Tages findest du die Richtige, sagte ich und fühlte mich einen Moment wie der Typ vom Wort zum Sonntag, der den Leuten noch mal Mut macht, bevor sie sich einen Horror reinziehen.

Wir beschlossen, dass eine Stunde Photosynthese reichen musste und wir beide Grund genug hatten, in die Kneipe zu gehen. Die anderen würden vor Acht sowieso nicht eintreffen. Wir gingen in die SONNE.

In der SONNE saßen manchmal echte Revolutionäre. Eigentlich waren es Studenten, die ihm Kalibergwerk ihr Praktikum machten. Immerhin, so hatten Ulle und ich festgestellt, sahen sie so aus, wie wir uns Revolutionäre vorstellten. Sie trugen Karl-Marx-Bärte, sehr viel längere Haare und Jeans, die echter schienen als Berts Original-Levis. Sie hatten früher, irgendwann vor sehr langer Zeit, auf denselben Schulbänken gesessen wie wir. Und dass es sie gab, war für uns der lebende Beweis, dass man nicht zwangsläufig zum Spießer werden musste.

Mit Ulle konnte man übrigens am besten über die Revolution reden. Diese ganze Friedliche Koexistenz ist doch Scheiße, sagte er. Derweil wir warten, dass der Imperialismus zusammenbricht, bringen die Amis in Vietnam die Kinder um. Finster blickte er unter seinen seidig blonden Haaren hervor. Man müsste diese Schweine gleich zur Sau machen, grollte er. Aber was das hier bei uns noch werden soll, weiß ich auch nicht. Seit ich denken kann, kriegt mein Alter beim Westfernsehen feuchte Augen. Da gibt's alles, ist sein Lieblingsspruch. Und dann fängt er an rumzujammern, weil in seiner Käsefabrik wieder mal irgendein Ersatzteil fehlt. – Jedem nach seinen Bedürfnissen: Du gehst in Laden und sagst: Das, das und das. Und packen sie mir das gleich auch noch ein. Und alles ohne Geld! Wie soll das gehen!? Vor allem, wenn die in der Westwerbung immer neuen Mist anpreisen. Soviel kann man bei uns gar nicht herstellen.

Lass mal Ulle, sagte ich, im Kommunismus gibt's kein Westfernsehen mehr. Schließlich war klar, dass die Welt im Jahr Zweitausend kommunistisch sein würde. Nicht etwa, weil Hertel das sagte, sondern weil Ulle und ich davon überzeugt waren. Denn im Jahr Zweitausend würde auch der letzte Spießer, Hertel eingeschlossen, ausgestorben sein. Und der Kapitalismus sowieso. Was uns nicht ganz klar war, ob er zuerst faulen und dann sterben würde oder umgekehrt. Nach dem Geruch der Westpakete zu urteilen, würde er wohl zuerst sterben müssen und dann verfaulen.

Vielleicht, überlegten wir, sollten wir später nach Dresden gehen. Die würden, so ohne Westfernsehen, bestimmt als Erste im Kommunismus sein. Eines jedenfalls war sicher, eines Tages würden auch wir solche Bärte wie die Revolutionäre in der SONNE tragen. Auf dem Heimweg begann Ulle mit seiner chorgestärkten Stimme zu singen, ich stimmte vom Bier ermutigt ein: Brüder zur Sonne zur Freiheit … Und das war überhaupt nicht ironisch gemeint. Zumindest nicht von mir.

–

Als ich im Sommer 2000 in Magdeburg Station machte, um Ulle für einen Bandauftritt zu werben, verwöhnte mich seine Lieblingsfrau mit gefüllten und in Olivenöl gebackenen Weinblättern. Ulle trällerte, in der Küche mit der Zubereitung weiterer südländischer Delikatessen beschäftigt, das Spanienlied. Die Heimat ist weit, doch wir sind bereit … Er hatte eine wirklich schöne Stimme und die kam immer näher. Und plötzlich schlug mir seine breite Hand auf die Schulter, dass mir der Rotwein aus dem Glas schwappte.

Mensch Junge, sagte er, brauchst nicht gleich feuchte Augen zu kriegen. Nachher kommst du mit zum Squash, da werden wir es der Mauer noch mal so richtig zeigen. – Die Vergangenheit, du kannst sie, so oft du willst, an die Wand hauen, sie kommt garantiert zurück. Und wenn du nicht aufpasst, dann knallt sie dir an die Stirn und das Match ist verloren.

–

Als ich mit Hubert in die SONNE kam, war bloß einer von den Revolutionären da. Er saß, wie es sich für einen Revolutionär gehörte, am Stammtisch bei der Arbeiterklasse aus dem Schacht. Hubert und ich setzten uns in respektvolle Entfernung, bestellten eine Cola und brannten uns eine Karo an.

Der Revolutionär erhob sich, gab bekannt, dass heute die Bayern spielten und wankte zur Theke, um zu bezahlen. Während er sein Geld zusammensuchte, traf uns sein Blick und er schlurfte heran.

He Kumpels, habt ihr mal ne Lunte für mich?!

Klar doch! Ich hielt ihm eifrig die Schachtel hin.

Er ließ sich, eine Hand auf meine Schulter gestützt, Feuer geben.

Danke, Kumpels. Ihr seid wirklich echte Kumpels!

Das war ein bisschen wie ein Ritterschlag.

Als er auf seinem Weg nach draußen noch mal am Stammtisch verharrte, sagte einer zu ihm: Du, Werner, weißt du überhaupt, dass Schrubber zur Zeit Mangelware sind. – Wenn du dir nicht deinen Bart scheren lässt, werden sie dich noch als Schrubber nehmen!

Der Stammtisch wieherte. Auch wir mussten grinsen. Trotzdem zischte ich: Spießer.

Hubert nickte.

Was meinst du, fragte ich, ob die Bayern gewinnen?

Hubert hob die Schultern und sagte nur: Ich hasse Fußball.

Ich nuckelte an meiner Kippe und fand das Leben plötzlich ungeheuer kompliziert.

Als wir ins Internat kamen, war die Stimmung

auch nicht besser. Gunni, wer sonst, hing wieder halb unterm Pult und jaulte rum wegen der Bioarbeit. Ulle knallte sein Buch auf den Tisch und brüllte: Mensch, Illfeld halt endlich die Klappe! Wie soll da einer was kapieren. Nur Bert war wie immer gelassen und las irgend eine Schwarte von Robert Merle. Bert gab ein paar Stellen zum Besten. Es ging darin um Pariser Studenten, um die Revolution und um Sex.

Wir waren begeistert. Es musste auch hier was passieren. Heute. Sofort.

He Leute, rief ich, Fiedler hat ein Saxophon mit, ein echtes. Los, Hub, spiel noch mal TAKE FIVE.

Und Hubert spielte. Durchs offene Fenster drangen aus dem Park das Gejohle und die Pfiffe einiger Dummköpfe. Dann rückten ein paar Elfer an. Sie waren ganz zahm und hörten zu. Dann kam ein Zwölfer, der aussah wie die blasshäutige Ausgabe von Angela Davis. Er hatte Dienst und wollte uns offenbar auf die Schlafsäle scheuchen. Er begnügte sich aber damit, auf das Zifferblatt seiner Uhr zu tippen. Dann zog er ab.

Mann, was hatte Musik doch für eine Wirkung!

Nicht bei allen. Als die Heimleiterin bedrohlich mit ihrem Schlüsselbund klappernd in der Tür stand, brach Hubert sein Spiel ab.

Gegen halb Zwölf weckte mich Gunni: Nachtschicht, flüsterte er. Wir schlichen uns eine Etage tiefer auf unsere Zimmer. Eine Weile hockten wir über unseren Heftern und ließen die zwei Bierflaschen kreisen, die Ulle zu Hause abgesahnt hatte. Gunni packte eine Bratwurst aus.

Auf dem Flur hörten wir schlurfende Schritte.

Der Nachtwächter. Im Nu hatten wir das Licht gelöscht und waren unter den Pulten verschwunden. Paternick funzelte, statt das Licht anzumachen, mit seiner Taschenlampe durchs Zimmer. Einen Moment lang sah ich den Schein der Lampe auf meinen Füßen. Doch Paternick knipste wortlos die Funzel aus und ging. Wir lauschten seinen davon tappenden Schritten.

Klar, dass der uns gesehen hat, kommentierte Bert. Wir ließen das Licht aus, der Mond erhellte das Zimmer und wir sprachen noch eine Weile über Nachtwächter im Allgemeinen und Paternick im Besonderen.

Bert, der sich manchmal mit ihm unterhielt, gab an: der kommt aus dem Banat.

Wo liegt denn das?

Na, dort wo Dracula herkommt.

Idiot, das ist Siebenbürgen in Rumänien. Banat ist mehr so Jugoslawien.

Siebenbürgen würde eher zu dem passen, bei dem sein' Fledermaustick.

Paternick soll tatsächlich eines späten Abends mitten in einem der Mädchenschlafsäle gestanden haben. Alarmiert durch anhaltendes Gequieke sei er eingeschritten, als die Mädchen eine verirrte Fledermaus mit Kopfkissen bombardierten. Dem Kreischen über den vermeintlichen Vampir war, so malten wir uns den Vorfall genüsslich aus, nach einer Schrecksekunde Geschrei über den eingedrungenen Vorzeiger gefolgt. Erst die alarmierte Heimleiterin konnte das Missverständnis klären. Bei dem unter Paternicks Mantel hervor lugendem hellen Ding, handelte es sich lediglich um eine am Gürtel befestigte Taschenlampe.

Jedenfalls war Paternick ein komischer Kauz, den die Gerüchte umwehten wie sein langer Mantel.

Der ist nicht dumm, sagte Bert.

Nee, der hat bloß 'nen Jagdschein – hab ich gehört.

Unsinn, der war sogar mal Professor. Dann gab es irgendwas Politisches.

Na, jedenfalls stammt der von irgendwo aus der Walachei oder Bukowina oder ist ja auch egal. Das war vorm Krieg. Jedenfalls alles mal deutsch, erläuterte Gunni, mein Opa sagt, das hat der Adolf verspielt.

Dein Opa muss es wissen, knurrte Ulle.

Genau, fauchte Gunni, der war mal in der NSDAP.

Was, staunte Hubert, war das ein richtiger Nazi?

Ich weiß nicht, wiegelte Gunni ab, ob *richtig*. Der war doch nur Kassierer.

Kassierer gibt's immer, sagte Bert, und, fügte er schmaläugig hinzu, es gibt 'ne Menge, was wir nicht wissen.

Wisst ihr was, sagte ich und zögerte. Sollte ich vom Kriegsgeheimnis meines Vaters erzählen?

Eines Tages im Februar nämlich hatte ich auf der Suche nach einem Faschingskostüm auf unserem Dachboden rumgestöbert. Da entdeckte ich in einem alten Koffer ein Bild. Bemaltes Holz, schon ziemlich abgeblättert und verstaubt. Man erkannte gerade mal ein Gesicht und daneben so etwas wie einen kleinen Engel. An einer Stelle waren Holz und Farben angekohlt. Undeutlich war dort eine zweite Figur zu erkennen. Es war ein Heiligenbild, so eins, das, wie ich später begriff, Ikone genannt wurde. Da es sich offenbar um den Koffer handelte, mit dem mein Vater aus der Kriegsgefangenschaft zurückgekommen war, gab es für mich nur einen Schluss: er hatte die Ikone mitgehen lassen. Ich dachte an Göring und geraubte Kunstschätze. Plötzlich war mir das Ganze peinlich. Und außerdem, was sollte mir dieser alte Kram von vor tausend Jahren?

Wisst ihr was, wiederholte ich, wir ... wir gehen zu den Weibern und kassieren die Reizwäsche ein.

Und dann, du Wäschefetischist?

Wird sich finden. Na los, wer macht mit?!

Ihr spinnt, meinte Bert.

Wer spinnt, gewinnt, sagte Hubert und zog mit Gunni los.

Ohne mich, sagte Bert, öffnete das Fenster und brannte sich eine Zigarette an, als wollte er zeigen, dass er sich nicht aus Feigheit stur stellte. Ulle und ich zuckten die Schultern und tappten den anderen nach, um Schmiere zu stehen.

Kurze Zeit später erschien Gunni, dann kam Hubert, Büstenhalter über die Arme gefädelt. Da saßen wir nun und wussten nicht recht, was wir mit dem Berg Brustgeschirre, der da vor uns im Mondschein lag, anfangen sollten. Wir rieten eine Weile, welches Stück wohl zu welchem Mädchen gehörte.

Dann zog Gunni noch einen aus der Hosentasche. Wisst ihr, wem der gehört?

Gina! Gunni presste das Gesicht hinein und atmete tief. Dann gab er ihn mir. Bert riss mir das Ding aus den Händen und rief: Ihr alten Schweine! Den fasst ihr nicht an!

Da wussten wir, zwischen Gina und Bert lief etwas. Wir haben die guten Stücke dann zu einer

Girlande verbunden und zwischen die Fenster des Innenhofes gehängt.

Ich weiß nicht, wer, aber einer soll später – sehr viele Jahre später, als Ulbricht lange tot und Honecker im Sterben lag – behauptet haben, dies sei am Vorabend des 17. Juni und also politisch motiviert gewesen. Mag sein, das Datum fiel auf jene Nacht, aber darauf, Büstenhalter mit Politik zu verbinden, ist damals nicht einmal Hertel gekommen, was ihm immerhin zuzutrauen gewesen wäre.

Unsere Phantasien jedenfalls gingen, als der Mond die Spitzenkörbchen beschien, hinaus in die Nacht, wo am Wehr die Unstrut und eine Etage über uns die Klospülung rauschte.

3. Kapitel

Ein Produkt der sozialistischen Textilindustrie, welches in den staatlichen Geschäften mit dem verheißungsvollen Namen Jugendmode in derart geringen Stückzahlen gehandelt wurde, dass sein Erwerb die Ausschüttung von Glückshormonen zur Folge hatte, trug den Namen Boxer-Jeans. Sein Besitzer, nachdem er es als Geschenk anlässlich seines 16. Geburtstages einem derbbraunen Papier entrissen hatte, ging in auffälliger Häufigkeit am Spiegel der Flurgarderobe vorüber.

Sieht echt gut aus, Gunni, deine Nietenhose, rief Bert, wobei er mittels Betonung aus Gunnis Boxer eine Hose für Nieten machte. Sich auf Illfelds Sofa räkelnd, fuhr er fort: Übrigens ich habe gelesen …

Hör bloß auf Bert, knurrte Ulle, schob sich ein großes Stück Streuselkuchen in den Mund und fuhr Krümel sprudelnd fort: Gunni hat Geburtstag und keine Westverwandtschaft wie du!

Bert zuckte die Schultern und schwieg. Wahrscheinlich dachte er an seinen Westopa. Er hatte ihn noch nie gesehen. Trotzdem war er, nicht nur durch Briefe und Pakete, bei Römers stets präsent. Es sei, meinte Bert, als säße sein Geist am Abendbrottisch. Wenn das der Opa wüsste, hieß es oft. Und – insbesondere beim Anblick von Berts Zeugnissen – da wird sich der Opa aber freuen. Bert sagte mal, er schisse auf die ganzen Westpakete, ein Opa zu Hause wäre ihm lieber. Doch der traut sich wegen irgendwelcher Nazischeiße nicht mehr her, wie dem Hertel sein Vater. Aber was Genaues erzählt dir keiner.

Stimmt, dachte ich und mir kam Vaters Ikone in den Sinn.

Bert guckte gequält. Seit Hubert bei uns war, schien mir, kam Bert mit seinen Lesesprüchen nicht mehr so gut an. Er putzte verlegen an seiner neuen Nickelbrille herum. Echt Fensterglas. Nun sah er noch brechtiger aus.

Wir hatten zu der Zeit begonnen, unsere Geburtstage und Silvester gemeinsam zu feiern. Gunnis Dorf lag am Kyffhäuser. Sein Vater war Melker und seine Mutter Verkäuferin in der kleinen Konsumverkaufsstelle. Da das Haus der Illfelds sehr klein war, verzogen sich Gunnis Eltern in die Kneipe. Sie überließen uns dass Haus, zwei Kästen Bier und Zigaretten. Auf dem Tisch stand eine riesige Schüssel Kartoffelsalat und ein große Pfanne voller Schnitzel auf dem Herd.

Da die Kneipe um Mitternacht schloss, feierten wir den Rest der Nacht zusammen, was sehr lustig war. Herr Illfeld saß in blauer Trainingshose und Trägerhemd auf dem Sofa und sang mit Unterstützung einer echten Klampfe, die er, trotz der vielen Biere, die er intus hatte, meisterlich zu zupfen verstand. Er sang dann LOVE ME TENDER und ähnliche Sachen. Wir durften dann jedes Mal Du und Elvis sagen, was er bei Gunnis nächster Fete wieder vergessen hatte.

Frau Illfeld ließ derweil nicht nach, ihren Gunni, der sie vergeblich auf Distanz zu halten mühte, zu herzen und seinen Rotschopf zu kraulen. Wenn Elvis Illfeld zwischen seinen Liedern wirklich echt scharfe Witze erzählte, kreischte seine Marianne vor Wonne. Gunni zuckte hilflos mit den Schultern.

Gegen halb Vier schob sich Elvis in Blaumann und Gummistiefel und machte sich auf den Weg in den Stall, während Marianne kichernd nach nebenan im Schlafzimmer verschwand, nicht ohne Hubert mit dem Finger zu drohen: Aber nicht stören, du Süßer!

Gunni griff sich die Gitarre und begann zu zupfen. Hubert war sofort hellwach. Du kannst ja richtig spielen, sagte er und rückte ran. Klar, sagte Gunni, habe ich von meinem Alten gelernt, der war mal in'ner richtigen Band, früher. Gunni glühte vor Freude, spielte und sang: come on baby light my fire …

An diesem Morgen als durch das offene Fenster die Dämmerung und das Brüllen der Kühe drang, sagte Hubert: Leute, wir gründen eine Band.

Klar doch riefen wir. Bert drosch auf sein Schlagzeug, Ulle griff in den Bass und ich jagte über die Tasten. Aber Hubert meinte es ernst. Mist, sagte ich, ich kann nicht mal singen. Auch Bert winkte ab.

—

Ein Radio brabbelte leise von der Sonnenfinsternis, vom großen Ereignis des Jahres 2000. Draußen im Lager klapperten Gabelstapler mit Getränkekisten.

Gunni hatte uns zwei Flaschen Bier geöffnet und erzählte von seinen Kindern, mal versonnen, mal stirnrunzelnd, mal fröhlich. Zwar trug er seine etwas dünner gewordenen Rotlocken jetzt kurz, doch sein rundes Gesicht konnte noch immer so sommerlich leuchten.

Ich aber schwieg. Was sollte ich auch erzählen. Was ich über Ben erfahren hatte? Das würde doch nur Gunnis verwunderte Fragen nach sich ziehen. Fragen, auf die ich keine Antwort wusste. So sprach ich vom Tod meines Vaters, deutete auf die Bierflasche in meiner Hand und erzählte vom Geheimnis hinter Haarwasserflakons und Shampooflaschen. Vater war nicht, wie die Mutter immer befürchtet hatte, an Herzversagen, sondern an einer kaputten Leber gestorben.

Vor ein paar Wochen, sagte Gunni und öffnete die nächsten zwei Flaschen Bier, haben sie die Kühe von meinem Vater zum Schlachten geholt, wegen der Seuche.

Gunni betrachtete den Flaschenöffner, eine nackte Messingfrau, deren über den Kopf geschwungene Arme keinen Mann, sondern Kronkorken zu umarmen bestimmt waren. Mein Vater, erzählte er weiter, ist an diesem Morgen wie immer in den Stall gestiefelt. Als sie dann die Kühe aus den Ställen trieben, haben sie ihn gefunden. Er hat erst ein frisches Strohbündel auseinandergezerrt, sich drauf gesetzt und dann seine Pulsadern aufgeschnitten. Und das ein halbes Jahr vor der Rente, der Idiot. – Er hat immer gesagt, dass wir mit der Band noch mal groß rauskommen. Aus dir wird mal was, Junge, du musst mal nicht Tag für Tag durch Kuhscheiße waten! – Nee, Kuhscheiße, Gunni machte eine ausholende Geste, Kuhscheiße ist das hier nicht. Da, sagte er und drückte mir die Messingvenus in die Hand, kannst du behalten. Meinem Alten habe ich auch mal so ein Ding mitgebracht. Er hat sich das Ding übers Sofa gehangen, fast wie 'nen Kruzifix. Ich glaube, nicht wegen der Frau, sondern, weil's von mir war. Ich habe ihm gesagt, ich hätte es aus dem Starclub mitgehen lassen, du weißt doch, wo die BEATLES ihren ersten Auftritt hatten. Dabei, Gunni öffnete eine Schublade, ist hier ja alles voll von den Dingern. Gunni zog die Schublade vollständig heraus, verließ damit sein Büro und schüttete die goldglänzenden Bieramazonen in eine Tonne. Als er zurück kam, sagte er: Ok, ich mach mit, aber nur, wenn Hubert mitmacht.

–

Als wir uns wie immer am Sonntagabend am Bootssteg trafen, hatte Hubert seine Beatlesplatte dabei. Die lasse ich springen, sagte er, für unsere Band. Er kannte den Organisten einer Gruppe, die damals in der Gegend sehr beliebt war. CLUB 69, sagte er, spielt nächste Woche im Kulturhaus. Da gehen wir hin. Für die Scheibe, Henri, bringt Manni euch garantiert etwas bei.

Als erstes brauchten wir einen Namen. Hubert hatte natürlich einen parat: BIRDLAND. Das sollte irgend so ein Jazzclub in NewYork sein. Es war Huberts Traum, dort mit Brubeck und Desmond eine Session zu machen.

Nee, kein Jazz, meuterte Gunni, ich will Hardrock machen. Mehr so DEEP PURPLE, LED ZEPPELIN.

Von mir aus alles. Am Anfang Leute, ok. Aber dann müssen wir was Eigenes machen. Was Eigenes musst du machen. sonst bleibst du ein ewiger Mugger.

Stimmt, sagte Bert seine Haarstoppeln zupfend, was Neues muss her. Er sah es wie immer philosophisch.

Hubert lachte mit wackelnden Brauen, das erste Mal seit wir ihn kannten, lachte er ohne diesen sarkastisch bis wehmütigen Unterton, er lachte aus dem Bauch.

Mensch, dröhnte Ulle und breitete die Arme aus, das wär's: du hast Spaß und kriegst Knete dafür.

Genau, rief Gunni mit fröhlich fackelnden Haaren, nicht jeden Tag in die Mühle wie unsere Alten!
Berts Gedanken rotierten noch immer: Jeder macht das seine, und doch machen wir etwas zusammen. Ich habe gelesen: Die Freiheit des Einzelnen ist Bedingung für die Freiheit aller. So wie in einer Band! Vielleicht leben wir eines Tages sogar davon. Leute, sagte er, das wäre ja – Kommunismus!

Na und, rief ich, von mir aus. Hauptsache, jeder kriegt sein Solo.

Und das Finale zusammen, sagte Bert. Er hatte

aufgehört zu denken. Endlich war er dabei.

Huuh, heulte Gunni, zum Schluss der Orgasmus.

Hubert lachte wieder sein kollerndes Lachen. Leute, das wird die abgefahrenste Musik aller Zeiten.

Geht nicht, sagte Gunni plötzlich, geht alles nicht. Ich kriege nie die Klampfe von meinem Alten. Ohne sein Leben als Elvis wirft der sich unter die Kühe!

Das kriegen wir hin, sagte Hubert, die Schule hat ein Musikzimmer, da liegt einiges drin. Wir nehmen, was da ist.

Ok, sagte Bert, ab heute sind wir die Birdland-Commune.

Die Unstrut umschlapperte unseren Bootssteg. Die Luft roch nach muffigem Wasser, Linden und Zigaretten. Wir schwiegen und hingen unseren Gedanken nach. Die Welt an diesem Abend war groß.

–

Die Satyrn lagen unter den Büschen und dösten. Einer, man sah es, hatte wohl einen erotischen Traum. Ein anderer lachte meckernd im Schlaf.

Der Mönch hatte die Arme im Nacken verschränkt und sah den jagenden Schwalben zu. Es gelang ihm, sich so in die Vögel zu versenken, dass er selbst zum Himmel aufsteilte, hinein ins endlose Blau. Es gelang ihm auf diese Weise, Teil von etwas zu werden, das größer war als er. Und vor allem dieses zu fühlen.

Für das Leben am anderen Ufer hatte der Mönch selten Interesse empfunden. Er hatte es, auf seinem Weg durch die Zeiten, wenn überhaupt, nur aus den Augenwinkeln wahrge-

nommen und so manchmal irritiert oder erstaunt, lächelnd oder kopfschüttelnd den Blick dorthin gewandt.

Doch jetzt saßen oft diese Jungen am Ufer, so wie er dort gesessen hatte damals vor fast fünfhundert Jahren mit seinen Brüdern. Sie hatten disputiert über Luthers, über Müntzers Ideen. Manchem schien das Himmelreich auf Erden so nah, dass er über Nacht das Kloster verließ.

Das war sehr lange her. Erst haben Müntzers Bauern Klöster geplündert, später hat der Kurfürst in Luthers Namen die Ländereien des Klosters kassiert.

Später war er noch einmal der Legende vom gerechten Mogulkaiser Akbar gefolgt, bis er schließlich am jenseitigen Ufer, das Geschehen mit immer schwächer werdendem Interesse ansah.

So war es immer gewesen, Epochen schrumpften zu Episoden, mal öde und dumpf, mal blutrünstig laut.

Und doch, den Mönch beunruhigte, wenn er am Bootssteg die Jungen sah, eine Hoffnung. Eine Hoffnung, unnütz wie jede. Eine Hoffnung, für die er sich schalt. Die edelsten Ideen, die hilfreichsten Phantasien, die besten Vorsätze waren auf Scheiterhaufen gelandet oder, was schmerzvoller, weil lang andauernder war, an der Macht, um dort zu verkümmern. Dies wusste der Mönch. Doch er war entschlossen zu schweigen, denn ein anderes wusste er ebenso: klug ist, auch das Unmögliche für möglich zu halten.

4. Kapitel

Als die Panzer der Roten Armee gefolgt vom Hurra der Motschützen am Kursker Bogen die Deutsche Wehrmacht in die Flucht schlugen, war es Bert gerade gelungen seine Hand unter Ginas Pullover zu platzieren. Ich habe es genau gesehen, denn ich saß im Kino eine Reihe dahinter.

Welcher Film des mehrteiligen Epos BEFREIUNG es war, weiß ich nicht mehr. Aber eines weiß ich genau, ich beneidete Bert, der schaffte es, auch bei den Mädchen der Primus zu sein. Meine Annährungsversuche der letzten Wochen hatte Gina freundlich, aber bestimmt abgewehrt. Sie tat, als wäre ich ihr kleiner Bruder, für dessen Albernheiten sie leider schon etwas zu alt sei.

Das Kino johlte. Gerade rannte ein deutscher Landser aus Furcht vor einem russischen Panzer in Unterhosen vom Klo, da haben sich die beiden geküsst. Mir gab es einen Stich. Und in meiner Verzweiflung begann ich mit Gunni rumzualbern. Ulle, den das Geknutsche nebenan kalt ließ, dreht sich um und zischte: Ruhe verdammt, ihr Idioten.

Ulle war der einzige Birdlander, den dieser Film nicht gelangweilt hat. Das Einzige, was ihn störte: die Deutschen in dem Film waren nicht nur böse, sondern auch feige und dumm. Wieso, fragte er, hat der Krieg dann so lange gedauert?

Sonst hätte es doch nur für einen Teil BEFREIUNG gereicht, frotzelte Bert.

Und du hättest weniger Zeit zum Knutschen gehabt, gab Ulle mit breitem Lachen zurück.

Ich denke, meldete sich Gunni, der Film hat den

Namen BEFREIUNG verdient, den zwei Stunden Unterricht gingen mindestens drauf.

Ulle wird ein schönes Leben haben in der Armee, sagte Bert, die sehen dort nur solche Filme.

Ulle wollte zu den Fallschirmjägern und träumte von Einsätzen im südamerikanischen Dschungel. Fidel Castro persönlich hatte ihn für seine künftigen Heldentaten bereits mit einer Zigarre belohnt. Ulles Vater allerdings, Direktor einer Käsefabrik, hatte seinem Sohn eine mächtige Ohrfeige versetzt, als er von dessen Verpflichtungserklärung erfuhr. Ulle hatte trocken geantwortet: Mach was du willst, aber Käsedirektor werde ich nicht!

Dann hat sich der Vater besonnen und abgewunken: Lass mal, Junge, mit deinem Hirnschaden nehmen dich nicht einmal die!

Nach dieser Auseinandersetzung war Ulle demonstrativ die nächsten Wochenenden im Internat geblieben. Jeden zweiten Tag kam von seiner Mutter ein Brief. Dann an einem Freitag kam einer von seinem Vater. Am Samstag nach Unterrichtsschluss stand Ulle eine Weile unentschlossen vor seinem Schrank, dann sagte er: Scheiße, jetzt hat auch mein Freitagshemd einen schwarzen Kragen. Er stopfte es mit den anderen in seine Reisetasche, zog sein letztes sauberes Hemd, das Samstagshemd an und fuhr nach Hause. Seit dem wanderte zu unserem Erstaunen jeden Morgen einer der mit Wochentagsnamen beschrifteten Papierstreifen in den Papierkorb. Schließlich, so Ulle, erkenne man einen guten Soldaten am sauberen Kragen.

Eigentlich hatte Ulle mal Boxer werden wollen. Er musste aber von der Sportschule gehen, weil er hin und wieder einen Blackout hatte; das, was sein Vater einen Hirnschaden nannte. Wir haben das einmal erlebt. Ulle stand da und reagierte auf nichts und niemanden mehr, die Augen waren in die Ferne gerichtet. Wenn ich den Fernblick kriege, hatte er uns immer wieder gewarnt, haltet mich fest, denn zwei Sekunden später kippe ich um. So war es dann auch. Da es aber nur dieses eine Mal, seit wir ihn kannten, passiert war, war Ulle überzeugt, für eine Offizierslaufbahn geeignet zu sein. Sportlich gesehen war Ulle der Champion, vor allem was seine Körperkräfte betraf.

Wir saßen gerade in der SONNE, da prahlte Ulle wieder einmal damit, der Nachfahre eines unehelichen Abkömmlings von August dem Starken zu sein. Sein Vater müsse das als Leiter eines volkseigenen Betriebes natürlich geheim halten. Als wir anfingen, unsere Witze darüber zu machen, hat sich Ulle ein über der Tür hängendes Hufeisen geholt. Der Wirt hat nur gelacht: Versuchs nur, Junge versuch's nur! Ulle hat es versucht. Und seitdem hängt über der Gaststubentür der SONNE ein verbogenes Hufeisen.

Ununterbrochen schien die Kraft aus Ulle zu fließen, wie das Wasser bei Wolkenbrüchen über den Rand einer Regentonne strömt. Wo wir auch gingen, überall gab es für Ulle etwas umzubiegen, hochzuwerfen, wegzustoßen. Das nervte. Doch war das für uns nie mehr ein Thema, seit uns Ulle vor dem Dorfschläger und seinen Gehilfen bewahrt hatte.

Überrascht hat uns trotzdem, dass Ulle sich als erster eintragen ließ. Es war an einem Montagmorgen gewesen, als Albrecht Dudek, unser Klassenlehrer, gefolgt von einem großen jungen Mann in Offiziersuniform die Klasse betrat. Albrecht, wir nannten ihn unter uns gönnerhaft zutraulich bei seinem Vornamen, hinkte, seines künstlichen Beines wegen, auf eine Stock gestützt zum Lehrertisch. Der lange Leutnant stolzierte eine Aktenmappe und ein eingewickeltes langes Ding unterm Arm hinterher. Nachdem er seine Sachen abgelegt hatte, strahlte er uns an, rieb sich die Hände und sagte: Na, da wollen wir mal!

Er versprach, nur ein paar ganz persönliche Worte an uns zu richten. Ja, eigentlich wolle er nur ein wenig von seiner Familie erzählen. Er begann mit einem Urgroßonkel seiner Urgroßtante, der unter General Blücher Napoleon in die Flucht geschlagen hatte.

Albrecht unterbrach ihn und sagte, er wolle derweil nur mal ein paar Aufgaben an die Tafel schreiben, aber der Herr Leutnant solle sich nicht stören lassen.

Während der Leutnant hinterm Lehrertisch auf- und abwippend von niederkartätschten 48er Revolutionären sprach, unter den Opfern ein Großonkel seines Urgroßvaters, quietschte hinter ihm die Tafelkreide und ein Zittern durchlief den Militär.

Im Verlaufe der Großen Sozialistischen Oktoberrevolution, zu der die Familie des Leutnants einen Schrankenwärter beizusteuern hatte, welcher dem Waggon Lenins die Fahrt durchs kaiserliche Deutschland sicherte, währenddessen also malte Albrecht verschiedene Diagramme, wobei das große hölzerne Dreieck mehrmals polternd zu Boden ging. Da der Offizier offenbar den gerechtfertigten Eindruck hatte, dass die klassenkämpferische Wachsamkeit einiger seiner Zuhörer nachließ, flocht er zur Auflockerung den Bericht über eine Begegnung mit einem Veteranen des Großen Vaterländischen Krieges ein. Plötzlich senkte er verschwörerisch die Stimme: Jugendfreunde, wie schon der Genosse Lenin sagte, wir müssen bei der Wahrheit bleiben, Genossen! Also, und das bleibt jetzt hier im Raum: ich, der Leutnant straffte sich, ich war dem sowjetischen Genossen überlegen, womit der Leutnant meinte, dass er, der deutsche Offizier, den russischen Veteranen, und nicht wie üblich der Russe den Deutschen, unter den Tisch gesoffen hatte.

Albrecht ließ derweil hinter dem Rücken des Referenten die Tafelflügel durch die Luft schweben, mit einem trocknen Schwamm, mehr schabend als wischend, säuberte er die sie von Strichmännchen mit anatomischem Zubehör.

Der Leutnant straffte sich und bereitete die alles entscheidende Offensive vor. Mit lässig siegesgewisser Miene packte er sein langes Ding aus. Es war ein alter Karabiner, mit dem sein Großvater 1922 all jene Putschisten, die Karl Liebknecht und Rosa Luxemburg und die Republik ein zweites Mal ermorden wollten, entgegengetreten ist. Dann erzählte er vom Genossen Fidel Castro, den in die Knie zu zwingen den amerikanischen Imperialisten nicht gelingen und der persönlich nach Halle kommen werde, um diesen Karabiner in Empfang zu nehmen. Und der Genosse Erster Sekretär der Bezirksleitung der Sozialistischen Einheitspartei Deutschlands habe ihm persönlich zugesichert, dass dem ersten künftigen Offiziersschüler des Jahrgangs 1956 die persönliche Ehre zuteil werde, dem Genossen Fidel Castro diesen Karabiner zu überreichen, selbstverständlich ganz persönlich.

Durch die Klasse ging ein Rumoren, Kichern und Tuscheln. Plötzlich vernahmen wir den Leutnant: Eine mutige Entscheidung Jugendfreund, wie ist dein Name?!

Wir trauten unseren Ohren nicht, als wir hörten: Klaus-Ullrich Habelung.

Der Leutnant hob triumphierend den Karabiner hoch. Die Jungs und etliche Mädchen schoben sich auf sein Zeichen nach vorn. Hubert und ich blieben sitzen. Hubert, weil er Pazifist war, und ich, weil mich technische Dinge noch nie interessiert hatten.

Plötzlich krachte es. Albrecht hatte auf einem Stuhl sitzend seine Beinprothese abgeschnallt und sie an die Wand gelehnt, von der sie langsam aber sicher zu Boden geglitten war.

Albrecht, sich den Stumpf massierend, sagte: Entschuldigung, aber das Bein ...

Ja, ja das Wetter, kommentierte fachmännisch der Leutnant.

Nein, sagte Albrecht, der Krieg.

In der Pause, wir standen schon draußen, kam Ulle.

Gunni rief: Ulle, bist du blöd, dich zu melden, wie kannst du nur auf das dumme Gequatsche hereinfallen.

Denkst du, ich hab das wegen dem Arschloch gemacht? Ich wollte schon immer, sagte Ulle kühl, mit Fidel mal reden.

Wir lachten. Nur Hubert schwieg. Ich wusste, wenn Hubert auf diese Art schwieg, dann brütete er etwas aus. Irgendwie hatte ich plötzlich Angst, dass es mit BIRDLAND nichts wird. Um Hubert den Wind aus den Segeln zu nehmen, sagte ich: Das ist doch Scheiße. Ich dachte, wir sind Pazifisten.

Wieso, sagte Ulle, davon habt ihr nie was gesagt. Es hieß doch, jeder macht seins.

Ulle hat recht, sagte Bert, außerdem wäre das unrealistisch, zur Army müssen wir alle.

Na und, rief Gunni, bloß der muss sich doch nicht gleich als Erster melden, außerdem hätten drei Jahre gereicht.

Hubert ließ uns stehen und ging zur Unstrut hinunter. Ich bin hinterher und habe auf ihn eingeredet: Dass das doch alles nicht wichtig sei, die Band eine tolle Idee und so weiter.

Vielleicht hast du recht, Henri, hat er gesagt. Dann fügte er hinzu: Ich hab wohl gedacht, wenn du Musik machen willst, kannst du nicht rechnen wie so ein Krämer. Dabei meine ich nicht mal Ulle, sondern die andern.

Jedenfalls fuhren wir alle im Bus mit Verpflegungsbeuteln ausgerüstet nach Halle zu Fidel. Wir sahen Ulle tatsächlich auf der Tribüne. Er hing dort mit anderen Blauhemden rum, den Karabiner aber übergab einer in der Uniform der Kampfgruppen.

Später im Bus, fragten wir, na was hast du zu Fidel gesagt.

Nichts. Aber … Ulle knöpfte seine FDJ-Hemd auf, darunter trug er ein selbstbemaltes Shirt mit dem Bild Che Guevaras.

Und was hat Fidel gesagt.

Auch Nichts. Aber ... Ulle zog aus der Brusttasche eine Zigarre.

–

Ich habe übrigens, sagte Ulle, als wir im Sommer 2000 unser erfolgreiches Match gegen die Mauer in einer Magdeburger Kneipe am Elbufer begossen, einen starken Werbeslogan für unsere Firma entdeckt: *Seien wir Realisten, versuchen wir das Unmögliche.* Nein, sagte Ulle, warf mit einer Kopfbewegung seine Haare nach oben und blies nachdenklich in die Glut seiner Zigarre, der Spruch ist nicht von mir, der ist von Che.

Immerhin, sagte ich, hat er ja noch einen Nutzen.

Ulle sah mich herausfordernd an.

Ich hob die Schultern, dann erzählte ich von Bens Absicht, zwar nicht nach Südamerika, doch auf den Balkan zu gehen.

Als ich damals an der Grenze auf Posten stand, sagte Ulle, hörten wir eines Morgens, es war gegen fünf, ein Geräusch. Es knackte irgendwo und mein Postenführer befahl mir, zu schießen.

Ulle machte eine wohldosierte Pause, die verriet, dass er die Geschichte schon viele Male erzählte hatte. Tja und da hatte ich plötzlich einen Blackout. Du weißt schon, erst Fernblick, dann umfallen. Von da an konnte ich Südamerika vergessen. Und ich war froh darüber. – Vielleicht, sagte Ulle und blies den Rauch in die Luft, braucht dein Sohn ja einfach nur Geld.

Wieso Geld?, knurrte ich. Doch plötzlich schien der Gedanke erleichternd. Geld. Ich hatte zwar auch keins, doch Geld, das konnte man regeln. Denn was, wenn er erst dort unten war und es irgendwo knackte? Was sollte ich ihm dann wünschen? So etwas wie Ulles Blackout?

Man, brummte Ulle, so laufen die Dinge. Und BIRDLAND? Da kannst du jetzt hinfahren. Ansonsten vergiss es! Das wird nichts mehr. Damals nicht. Heute nicht. Das wird bestenfalls Klamauk. Wir hatten neulich 'ne Fete. Und gerade wie wir so richtig am Abrocken sind, ruft unsere Tochter dazwischen: Ja, Papa, eure Stars sind längst tot, aber ihr lebt noch! – Lennon hat es immerhin geschafft, als Denkmal in Havanna zu stehen. Bin gespannt, wann sie das schleifen. Aber weißt du was, ich scheiße auf Denkmäler. Ich, sagte Ulle und blickte auf den wogenden Hintern der Kellnerin, ich will lebendiges Fleisch. Das ist, was zählt.

–

Wir standen noch eine Weile vorm Kino rum und warteten auf Hubert, der auf der gegenüberliegenden Straßenseite mit Manni verhandelte. Manni, wie gesagt, spielte bei CLUB 69 die Orgel und verdiente sein Geld mit der Herstellung orthopädischer Schuhe. Manni erregte unsere Bewunderung, weil seine Haare bis zum Gürtel reichten und er uns mitgeteilt hatte, dass er sich mit Dreißig umbringen werde. Wir fanden, das war eine gute Idee, denn danach war sowieso alles vorbei.

Hubert und Manni schienen sich handelseinig, den Hubert zog aus seinem Dederonbeutel die Platte. Manni nickt, nahm sie und steckte die Scheibe in seinen Dederonbeutel. Bevor Manni wieder in seiner Werkstatt verschwand, wurde zur Bekräftigung des Handels noch eine geraucht.

Eh, Bert, sagte Gunni, mal ehrlich. Mit Gina, das ist vielleicht keine so gute Idee.

Genau, sagte ich, pass bloß auf, an mich hat sie sich auch schon ranmachen wollen.

Ich meine, erläuterte Gunni, bei den Beatles, da war Yoko Ono auch der Anfang vom Ende.

Bert wandte sich Gunni zu und sagte scharf: Ich habe gelesen, jeder fünfte amerikanische Farmersohn hat Geschlechtsverkehr mit Tieren probiert. Was, Gunni, war dein Vater noch mal von Beruf?

Gunni war im Nu auf Hundert. Er sprang auf Bert zu und packte dessen Hemd. Da er mehr als einen Kopf kleiner war, schien es einen Moment, als hinge er daran fest.

Brummend schob Ulle die zwei auseinander.

Bert überlegte. Dann sagte er, Gina kann singen. Ihr Eier, habt ihr schon mal überlegt, wer eine ordentliche Stimme hat in der Band?

Na, Ulle, sagte ich, wer sonst. Der singt doch im Chor. Hubert kann auch.

Mensch, Henri, überlegte Bert laut, ein singender Bassmann. Und Hubert muss blasen. Außerdem macht so eine Frauenstimme mehr her.

Hubert kam. Er schob sich mit der Rechten seine Locken hinters Ohr und befand ohne zu zögern Berts Vorschlag für gut. Alles klar, Leute, sagte er sanft, am nächsten Mittwoch geht's los!

5. Kapitel

In der nächsten Woche besorgte Hubert den Schlüssel für das Musikzimmer. Einen Tag später wurden Bert und ich von Manni mit Noten traktiert und Griffen auf dem Klavier. Er kam drei-, viermal, dann schien er der Meinung zu sein, die Platte abgearbeitet zu haben oder er hielt uns für hoffnungslos unmusikalische Fälle. Jedes Mal erzählte er von all den Mädchen, die er schon hinter der Bühne umgelegt hatte. Das konnte uns für den Rest der Stunde zwar motivieren, aber von Terzen und Quarten begriffen wir nichts.

Außerdem gab es noch andere Möglichkeiten, sich beim anderen Geschlecht beliebt zu machen. Es gab zu jener Zeit neben Filmen, die uns auf einen möglichen Heldentod vorbereiten sollten, auch solche, aus denen man interessante Dinge fürs Leben lernen konnte. Einer davon erzählte die Geschichte eines Studenten in NewYork. Und wir dachten, dass dies ein bisschen auch unsere Zukunft sein würde, zumindest, was das Studieren betraf. Der Film hatte den merkwürdigen Titel BLUTIGE ERDBEEREN und war kein Pflichtfilm. Am Anfang springt der Student ausgelassen durch die NewYorker Straßen und CROSBY STILLS NASH & YOUNG singen dazu etwas von einer Revolution, die in der Luft liegt. Aber vorher, d.h. vor der Revolution, bekommt der Held von ein paar Typen die Lippe blutig geschlagen. Dann gerät er zufällig in eine Universitätsbesetzung, wo seine Kumpels gegen den Vietnamkrieg protestieren. Alle glauben natürlich, die dicke Lippe stammt von den Bullen und beklopfen ihm die Schulter. Eine hübsche Blondine mit wenigstens 250 ccm versorgt unseren Helden nicht nur die Lippe. Als sie sein Hemd öffnet und dann nach unten aus dem Blickfeld der Kamera gleitet, werden die Augen des Studenten immer größer und unsere auch. – Zum Schluss sitzen sie dann alle auf dem Fußboden und lassen sich zu den Klängen von GIVE PEACE A CHANCE von Polizisten aus dem Gebäude schleppen.

Wir hockten an diesem Nachmittag noch lange am Bootssteg und ließen das Abendessen sausen. Crosbys Musik hing uns noch im Ohr und unsere Gedanken kreisten um die Bilder des Films.

Verdammte Scheiße, sagte Ulle, warum haben die sich gegen die Scheißbullen nicht gewehrt? Drüben müsste man sein, denen würde ich es aber zeigen!

Stellt euch mal einen ABV mit Helm und Knüppel vor, sagte Gunni, Jugendfreund, verlassen Sie sofort das Gebäude! – Hier geht doch überhaupt nichts los!

Wir hier, sagte Ulle, haben immerhin schon den Sozialismus.

Während Bert und Ulle über amerikanische Cops und deutsche Volkspolizisten fachsimpelten, saß Hubert etwas abseits und summte eine der Melodien aus dem Film.

Gunni stieß mich an und fragte: Du, was hat die Blonde da eigentlich gemacht?

Ich wusste gleich, welche Szene Gunni meinte, war aber unsicher, ob das, was ich mir vorstellte, wirklich möglich war.

Auch die anderen waren sofort hellhörig geworden.

Ich habe gelesen, sagte Bert, man nennt das Fellatio.

Gunni guckte irritiert: Ich dachte, das war ein amerikanischer Film?

Ulle wieherte: Man Gunni, nicht Fellini, Fellatio! Die hat ihn in den Mund genommen.

Wirklich?

Wirklich!

Genau, sagte Bert, du musst dir nur paar auf die Schnauze pochen lassen, schon kriegste einen abgekaut!

Gunni stand in den nächsten Tagen auffällig oft am Waschbecken und putzte an seinem Schwanz herum. Man kann nie wissen, sagte er.

Dass wir bei der nächsten Schuldisco die öldurchtränkten Dielen auf den Knien liegend und im Rhythmus von GIVE PEACE A CHANCE bearbeiteten, blieb ohne Folgen: weder Schläge noch Küsse, weder Love noch War.

Der letzte Samstag vor den großen Ferien versprach, dass alles anders wird. Manni hatte uns quasi zum Abschluss seiner Musiklehrertätigkeit Karten für ein Konzert in Naumburg besorgt.

Obwohl der Name der Band – KLAUS RENFT COMBO eher nach Kirmestanz klang, machten die gute Musik. Rockmusik mit deutschen Texten. Wir legten Wert darauf, so etwas gut zu finden: „Wer die Rose ehrt, der ehrt heutzutage auch den Hass…". Das klang nach blutigen Erdbeeren und es ging das Gerücht, dass bei einem ihrer letzten Konzerte Bierflaschen auf Polizisten geflogen sein sollten.

Manni also hatte die Karten besorgt. Aber nicht, dass ihr denkt, die sind mit der Platte abbezahlt. Die hatte außerdem schon paar Kratzer. Also kratzte ich all mein Taschengeld zusammen und kaufte für den Rest zwei Zigaretten, Marke Juwel, die ein kleiner Krämerladen für solche Fälle auch einzeln verkaufte. Ich gedachte, die Zigaretten während des Konzerts zu rauchen. Auf nüchternen Magen und wenn ich noch irgendwie einen Colawodka finanzieren konnte, dann machte das schon ein nebliges Gefühl. Die Juwel, allerdings mit Unstrutwasser getränkt, habe ich dann mit Hubert auf einem Polizeirevier geraucht. Und das kam so:

An jenem Samstag waren wir in den Zug Richtung Naumburg gestiegen. Es hatte eine Zeit gegeben, da sind wir auf dieser Strecke immer kostenlos hin- und hergefahren. Begonnen hatte das als eine unserer spontanen Aktionen, die wir uns zum Prinzip gemacht hatten. Spontan, das war für uns damals ein sehr hohes Gütesiegel. (Allerdings möchte ich nicht so weit gehen, zu behaupten, wir hätten diese Aktionen in bewusstem Gegensatz zur sozialistischen Planwirtschaft gestartet.) Wir hatten gerade in der Bahnhofskneipe eine Bockwurst verdrückt und einfach keine Lust ins Internat zurückzugehen, als draußen ein Zug einfuhr.

Los, rief Bert, da steigen wir ein!

Wir stiegen also ein und lernten Gundula kennen. Gundula war 18 und Schaffnerlehrling und durfte die Strecke schon allein kontrollieren. Bert verstand es hervorragend, sie in ein Gespräch zu verwickeln, so dass sie uns am Ende auch ohne Fahrkarte mitfahren ließ. Gundula hatte ein sehr schmales Gesicht und sehr große braune Augen. Ich habe mir eine ganze Weile eingebildet, dass Gundula uns meinetwegen und nicht wegen Berts Gegockel mitfahren ließ. Ich bin dann wie gesagt noch ein paar Mal in ihrem Zug mitgefahren, mal mit Hubert, mal mit Gunni und einmal allein. Da hat sie sich neben mich gesetzt für fünf Minuten. Wir haben uns über Musik unterhalten. Gundulas Musikgeschmack war leider ein wenig zu kommerziell, Peter Maffay und so. Ich habe trotzdem mit ihr getanzt, als ich sie kurze Zeit später beim Jugendtanz getroffen habe. Wir haben uns wieder ganz gut unterhalten. Mal rief sie mir ein paar Worte zu, ich grinste und nickte. Mal brüllte ich ihr was zu, dann lächelte sie und nickte. Einmal, als sie etwas sagte, berührten ihre Lippen kurzzeitig mein Ohr. Sie hat nach reichlich Parfüm gerochen, was mich ein klein wenig an unseren Friseurladen erinnert hat. Es war wirklich ein nettes Gespräch. Leider habe ich kein Wort verstanden, die Musik war ziemlich laut. Als die Runde vorbei war, hatte ich das Gefühl, sie wartet auf etwas. Da ich nicht wusste, worüber wir schon gesprochen hatten, traute ich mich nicht, noch irgendetwas zu fragen oder zu erzählen. Überhaupt wusste ich plötzlich nicht mehr, was ich mit ihr anfangen sollte. Außerdem erinnerte mich ihr Friseurladenduft an die Ermahnungen meiner Mutter. So schob ich ab ins Internat, um für eine bevorstehende Mathearbeit zu lernen. Ich bin dann nur noch einmal mit Gundulas Zug gefahren, an jenem Samstag auf dem Weg zum Renft-Konzert.

An diesem Tag hatten wir uns so richtig in Schale geworfen. Ulle hatte sein selbstgemaltes Schäggewara-Tischört an, Hubert ein kunstvolles Batikhemd und ich hatte mir auf ein Unterhemd einen großen Schmetterling gemalt. Gunni hatte sich in Berts

Westjeans hineingeborgt und Bert selber trug eine superscharfe gestreifte Schlaghose, die ihm seine Mutter aus Ungarn mitgebracht hatte.

Die Bahnlinie lief an der Unstrut entlang. Wir hingen unsere Köpfe aus den Fenstern, ließen uns Ruß und Fahrtwind durch die Haare wehen. Kann sein, wir hatten ein bisschen das Gefühl schneller, viel schneller zu sein als die graubraunen Wasser des Flusses.

Dann kam Gundula. Das High und Hallo erstarb auf unseren Lippen, denn hinter Gundula betrat noch ein Schaffner das Abteil. Er gehörte zu jenen Erwachsenen, für die Jugendliche von vornherein verdächtige Subjekte waren, wobei in jener Zeit, von der die Rede ist, der Verdacht mit der Haarlänge wuchs. Wie er so in seiner dunklen Uniform neben Gundula stand, die Hände auf dem Rücken verschränkt, leicht wippend mit durchgedrückten Knien, verwandelte sich das Flügelrad auf seiner Schirmmütze für einen Moment in einen Reichsadler. Es hätte mich nicht gewundert, wäre sein Arm plötzlich zum Hitlergruß emporgeschnellt. Aber er beließ es dabei, Gundulas Tun mit Luchsaugen zu verfolgen. Fahrgast für Fahrgast näherte sich uns das Verhängnis. Auch Gundula wurde blass, als sie uns sah. Dann sagte sie: Die Fahrkarten bitte!

Ich sagte: Aber Gundula, du ... du hast doch immer ...

Weiter kam ich nicht. Die Bremsen quietschten und Hubert rief: Los, raus hier!

Wir wussten nicht, was los war. Aber wir stürzten hinter ihm her aus dem Zug. Wir sprangen über die Wiesen davon, rannten auf die Unstrut zu und sprangen, als Hubert hineinsprang, hinterher. Am gegenüberliegenden Ufer angelangt durchfuhr mich ein Schreck, Hubert fehlte. Ehe ich meinen Verdacht aussprechen konnte, hörte ich ihn rufen. Er war offenbar an die zwanzig Meter flussabwärts getaucht und war jetzt dabei, einen Berghang hinauf zu klettern.

Wir keuchten hinterher, ließen uns ins Gras fallen und lachten. Am lautesten lachte Ulle, er zeigte auf mein T-Shirt. Mein Schmetterling war total zerlaufen. Ich riss mir das Hemd vom Leib und schrie Hubert an, was für ein Idiot er sei, warum er hier Räuber und Gendarm spielen müsse und dass ich damit nie und nimmer rumlaufen könne.

Du bist der Idiot, sagte Bert, du kannst doch da auch keine Wasserfarbe nehmen.

Weiß ich doch, verdammt noch mal, aber wenn es keine Scheißwäschemalfarbe gab! Was muss der Blödmann auch die Notbremse ziehen, schimpfte ich.

Hubert schwieg, dann sah er mich an und sagte ganz ruhig: Ihr hättet doch die Gundula in die Pfanne gehauen, oder nicht. Ihr hättet doch gesagt: Aber Herr Oberschaffner, die Gundula hat uns doch erlaubt, ohne Fahrkarte zu fahren. Bitte sagen Sie nichts meiner Mama und auch nicht meinem Papa und erst recht nicht dem Herrn Oberschuldirektor, bitte, Herr Oberschaffner!

Ich schwieg zerknirscht, Hubert hatte Recht, er hatte immer Recht. Manchmal störte mich, dass er so oft Recht hatte. Aber andererseits bewunderte ich ihn dafür, dass er Dinge sah und an Dinge dachte, die ich erst irgendwann hinterher begriff, zum

Beispiel, dass ich um ein Haar Gundulas Schaffnerprüfung versaut hätte.

Wir trockneten unsere Klamotten. Meine zwei Juwel waren fast hinüber, ich habe sie in die Sonne gelegt, um zu retten, was zu retten war. Nur Ulle hatte in Armistenmanier seine Tasche beim Schwimmen auf den Kopf gelegt. Er spendierte eine Runde Club auf den Schreck. Die Junisonne machte uns schnell wieder trocken. Allerdings hatte ich überhaupt keine Lust, mich mit einem zerlaufenen Schmetterling zum Affen zu machen.

Da, zieh das an. Ulle zog aus einer Tasche einen ärmellosen Pullover. Von meiner Oma. Selbstgestrickt, wenn es kalt wird.

Vor die Wahl gestellt, das Renft-Konzert sausen zu lassen und allein zurück in die Schule zu trampen oder Ulles geringelten Oma-Westover anzuziehen, entschied ich mich für Letzteres. Die anderen befanden, dass mein Aufzug echt fetze und der Fernsehdiskjockey Ilja Richter auch solche Dinger trage.

Haha. Immerhin hatte Ulles Oma ein Ostermarschiererzeichen reingehäkelt.

Wir hatten beschlossen, per Anhalter weiter zu fahren. Bert, Ulle und Gunni stürzten als erste zu dem Wartburg, der gehalten hatte. Hubert und ich hätten auch noch reingepasst, da aber Hubert keine Anstalten machte, knallte ich ärgerlich die Autotür zu und schlappte zu ihm zurück. Doch bald hielt ein Trabbi und wir stiegen ein.

Im Trabbi saß der Schrubber und quarzte Karo. Er bot uns gleich eine an. Er hätte da ja noch was gutzumachen, sagte er und lachte. Am Rückspiegel hingen ein Bayernwimpel und ein Kreuz.

Ich hätte nicht gedacht, dass der Schrubber fromm ist, flüsterte ich Hubert zu. Da es mir, der ich auf der Rückbank kauerte, im Weiteren aber nicht gelang, etwas von dem Gespräch, das Hubert und der Schrubber führten mitzubekommen, döste ich bald ein.

Ich wachte auf, als ich die schnarrenden Stimme des Volkspolizisten vernahm: Fahrzeugkontrolle. Ihre Papiere, bitte. Machen Sie den Motor aus und verlassen Sie Ihren Personenkraftwagen!

Ich erschrak und dachte sofort an unsere Flucht vor dem Schaffner. Dann hörte ich den Schrubber sagen, dass die Jungs, also wir, bloß zum Konzert nach Naumburg wollten, ob das verboten sei.

Der Polizist meinte, dass der Bürger, womit er wohl Schrubber meinte, nicht so vorlaut sein solle und man alle Angaben überprüfen werde.

Und was ist das für ein Abzeichen?! der Polizist steckte seinen Kopf durchs Trabbifenster und zeigte auf Oma Ulles Strickwerk. Jetzt mussten auch Hubert und ich aussteigen.

Mir lag auf der Zunge, dass dies nicht mein, sondern Ulles Kleidungsstück sei, aber ich schwieg. Ob ich ahnte, dass dies den Polizisten nicht interessieren würde oder daran dachte, dass ich damit vielleicht Ulle in die Pfanne hauen würde, weiß ich nicht mehr.

Aber auch der Polizist hatte inzwischen nachgedacht und fragte auf mein Strickmuster deutend: Wieso ich Werbung für kapitalistische Autohersteller mache. Ob wir das nötig hätten und so weiter.

Während ich noch überlegte, was der Polizist damit meinte, kam Hubert mir zuvor und surrte: Das ist kein Mercedesstern, das ist das Zeichen der Antiimperialistischen Ostermarschbewegung, Genosse Oberwachtmeister!

Der Polizist schien für einen Moment verunsichert. Dann sagte er: Mitkommen!

Im Kofferraum des Schrubberautos haben sie dann irgendwelche Flugblätter gefunden. Der Schrubber hatte damit zu einem Kirchentreffen nach Jena gewollt. Er musste daraufhin mit einem Zivilen mitgehen. Uns haben sie, nachdem sie unsere Eintrittskarten für das Konzert fünfmal umgedreht hatten, zwei Stunden warten lassen. Die bräunlich verfärbten Juwel haben zwei Züge ausgehalten, dann fielen sie auseinander. Nach einer ganzen Weile kam der Zivile und hat uns eine f6 angeboten und nebenbei gefragt, ob wir den Schrubber kennen.

Ich wagte nicht, zu nicken, sondern sah bloß zu Hubert. Der zuckte die Schultern und erzählte, was er beim Trampen schon für nette Werktätige kennen gelernt hat.

Der Zivile wurde irgendwie ärgerlich und erzählte seinerseits von den raffinierten Kniffen des Klassengegners und dass man ständig auf der Hut sein müsse wie der Genosse Schärschinski, oder so, immer schon gesagt habe.

Inzwischen hatte der Polizist mit dem Direktor der Schule telefoniert. Als der bestätigt hatte, dass wir zu seinen Schützlingen gehörten, haben sie uns mit dem Streifenwagen zurückgefahren.

Ich fragte mich, warum der Schrubber nicht auch einfach gesagt hatte, dass er zu Renft wollte.

Du, sagte Hubert, der hat das drauf angelegt. Der will sich freikaufen lassen vom Westen. Ein paar

Jahre Knast, hat er gesagt, dann wirst du freigekauft.

Was?! Wegen dem Scheißwesten hat der Schrubber uns das Konzert versaut?

Zwar hatte ich inzwischen begriffen, dass ein Kerl mit Marx-Bart noch lange nicht so progressiv sein muss, dass er einen Tramper mitnimmt. Aber dass ein ehemaliger Revolutionär und Karoraucher zum Kirchentreffen fährt, um sich einsperren zulassen, damit er freigekauft wird, um sich dann vielleicht wie in BLUTIGE ERDBEEREN von Westbullen verprügeln zu lassen, wenn er gegen den Vietnamkrieg demonstriert, das ging mir nicht in meine gehertelte Birne.

Was weißt du von Schrubber, sagte Hubert, vielleicht will der ja auch bloß mal live die Bayern spielen sehen. – Und kann ja auch sein, ohne deinen Westover hätten die uns weiterfahren lassen!

Das ist Ulles Omapullover, rief ich. Und außerdem, das ist doch ein Friedenszeichen! – Ach, verdammte Scheiße, was ist denn hier bloß los?!

Hubert lag mit dem Bauch auf dem Brettersteg und unter seinen Handflächen glitt der Fluss, kleine Wirbel und Wellen bildend, dahin. Ein Fluss, sagte er, nimmt niemals den geraden Weg.

Die Frage, ob Hubert schon damals ein Weiser war, oder einfach nur ratlos, wie ich, habe ich nie beantworten können. Aber vielleicht ist der Unterschied zwischen beiden Zuständen ja auch gar nicht so groß. Nur eines war, glaube ich, sicher, wir fühlten uns an diesem Sonntag im Juni ziemlich allein.

–

Die feuchten Wiesen waren trockengelegt. Wie ein Gitter lagen die Entwässerungsgräben über der einstigen Aue. Das ist der Fortschritt, pflegten die Menschen in derlei Fällen zu sagen. Wie oft hatte der Mönch das gehört. Nur glücklicher hatte er keinen von denen da drüben gesehen. Doch er, der Mönch, hatte gelernt, das Rauschen der Unstrut am Wehr als Musik des Lebens zu begreifen. Am Wehr, das die Kraft des Flusses brechen sollte, klang eben diese Kraft durch die Nacht.

6. Kapitel

Die Sommerferien hatten völlig verregnet begonnen. Hubert und ich hockten unter einer alten Armeeplane am Straßenrand. Seit anderthalb Stunden hingen wir fest. Völlig resigniert streckte mal der eine, mal der andere den Arm unter der Plane hervor, um zu winken. Aber keiner hielt an. Immerhin gelangten wir zu einer gewissen Routine im Fluchen. Wir verstanden es, dem Wort Spießer solch eine Mischung aus Verachtung und Ekel beizumischen, dass jeder fäkalische Ausdruck daneben wie aus dem Benimmbuch wirkte.

Eigentlich hatten wir alle zusammen nach Polen gewollt. Aber Bert musste mit seiner Mutter an den Balaton, um ihr den Rücken einzuölen. Gunni fuhr Traktor in seinem Dorf, um sich das Geld für ein Motorrad zusammenzusparen. Und Ulle durfte in irgendeinem Lager für angehende Offiziere die Sturmbahn entlang hecheln.

Der Regen hatte aufgehört, die Sonne zeigte sich

endlich und die Wiese am Straßenrand dampfte. Ein kleiner Pritschenwagen hielt und der Beifahrer deutete auf die Ladefläche. Wir warfen unsere Rucksäcke hinauf und kletterten hinterher.

Wir jubelten, das Auto fuhr sogar bis Frankfurt/Oder, noch heute würden wir über die Grenze sein. Wir wollten nach Sopot an die polnische Ostseeküste. Dort sollte es ein Musikfestival geben, das richtig ein bisschen wie im Westen sein sollte. Deshalb hatten wir uns am Abend vor der Abreise in Huberts Zimmer noch einmal sein Band mit der Musik von Woodstock angehört.

Jetzt sangen wir ins Klappern und Dröhnen des Lasters hinein: If we're going to San Francisco. Wir brüllten es gegen den Fahrtwind, sprangen auf und hüpften umher. Der Fahrer bremste scharf und wir knallten voll gegen das Fahrerhaus. Der Fahrer schmiss uns runter: Ich wusste es doch, dieses langhaarige Gesocks macht nur Ärger.

Zwanzig Meter weiter hielt er an, stand eine Weile und es sah so aus, als ob das Auto nachdachte. Nach einer Weile ging die Beifahrertür auf und der andere Blaumann beugte sich raus: Los rauf. Aber stille sitzen!

An einer Raststätte hielten wir. Pause, rief uns der Beifahrer zu, sonst sind wir zu zeitig wieder da. Der Fahrer blieb knurrig und kurz angebunden, während er an seiner Bockwurst kaute. Dafür war der andere umso gesprächiger. Vor allem musste er uns unbedingt mitteilen, dass er früher mal – das musste dann wohl in der Urzeit gewesen sein – auch per Anhalter gefahren war.

Man konnte die Autofahrer, die anhielten, gut klassifizieren. Wir hatten hier zwei Musterexemplare vor uns. Den mürrischen Typ, der aus unerfindlichen Gründen anhält und ansonsten wenig Worte macht, es sei denn, man knallt die Tür zu heftig oder springt, wie wir eben, auf der Ladefläche umher. Der andere Typ tut, als wäre er gerade nur zufällig hinters Steuer geraten und entschuldigt sich regelrecht dafür, dass er kürzere Haare trägt. Zu seiner Entlastung führt er oft an, dass er früher auch mal getrampt sei. Dieser Typ tut meistens sehr interessiert und fragt 'ne Menge Fragen. Die letzte Gattung mitnehmender Autofahrer freut sich, dass sie endlich jemanden hat, den sie vollquasseln kann. Man erfährt dabei deren halbe Lebensgeschichte, inklusive Kinderkrankheiten und Ehekräche. Dann gab es noch die ganz jovialen Fahrer. Die hörten klassische Musik und wirkten wie ihr eigener Chauffeur. Wenn man fragend die Karoschachtel zückte, lächelten sie wie ein Pfirsich in der Sonne und boten einem von ihrer Duett an, was die längste und leichteste aller Deutschen Demokratischen Zigaretten war. Was sie erzählten, glich meistens irgendwie einer Landschaftsbeschreibung und hinterließ denselben Eindruck wie ihre Duett: lang und weilig. Dass dieser Typ sehr selten war, mochte daran liegen, dass Autos, deren Motorgeräusch das Hören klassischer Musik zuließ, selten waren.

Während Horste, der Pritschenfahrer kaffeeschlürfend in der Knurrerklasse sitzen blieb, wechselte Männe, als wir unsere Absicht kundtaten, nach Polen zu reisen von Kategorie Junggeblieben in die der Lebenserfahrenen. Er begann, von Pommern zu erzählen und dass die Polen nicht zimperlich gewesen waren damals und wir uns nicht in Messerstechereien verwickeln lassen sollten.

Mir wurde, glaube ich, etwas mulmig und ich überlegte, ob es nicht besser sei, das Ostseebad Heringsdorf den polnischen Fährnissen vorzuziehen. Dann dachte ich an Love&Peace, und dass Polen schließlich auch ein sozialistisches Land, also ein Land mit zu vernachlässigender Kriminalitätsrate, sei.

Was hatten die Deutschen auch in Polen verloren?, sagte Hubert.

Mensch Junge, meldete sich Knurrhorst, der Männe ist da geboren in Pommern. Aber das erzählt euch wohl keiner heutzutage?!

Ich fürchtete, dass es zu einem Streit kommen könnte und wir heute nicht mehr bis Frankfurt, wenn uns Horste und Männe hier sitzen ließen.

War doch alles bloß wegen dem hier: Ich legte zwei Finger auf die Oberlippe und kippte kurz die Handfläche vor die Brust. Knurrhorst hat gleich seinen Führer erkannt. Da war auch nicht alles schlecht, sagte er. Guck dir die Autobahn an, das war noch deutsche Wertarbeit!

Hubert stand auf: Los komm, Henri! – Danke fürs Mitnehmen, aber wir haben nicht so viel Zeit wie Sie!

Draußen quatschten wir den Fahrer eines klapprigen Moskwitschs an. Wir hatten Glück, er nahm uns mit.

Ich hatte meinen Rucksack auf den Knien und bekam einen Schreck. Ich hatte mir einen polnischen Adler drauf genäht. So wie mein Opa einen Krückstock hatte mit kleinen Metallbildchen vom Kyffhäuser oder vom Spreewald, so wollte ich die Wappen fremder Länder auf meinem Rucksack sammeln. Das war nicht das Problem. Aber daneben auf die Klappe einer Seitentasche hatte ich vor längerer Zeit in einer ersten revolutionären Phase mit Filzstift ein Ostermarschzeichen gemalt. Hoffentlich brachte es mir nicht wieder Ärger ein.

Der Mann hatte einen Parteibonbon an der Jacke, aber sonst war er nett und schwärmte von den Masuren, dass es da noch echte Bären und Büffel gäbe, so wie früher in Amerika, die Bisons. Aber der Kapitalismus mache eben alles kaputt, wenn er nur Geld dran verdiene.

Verdammter Mist, fluchte der Mann. Irgendwas quietschte und knallte. Wir mussten anhalten. Der Keilriemen war gerissen. Der Mann stöhnte: Ich hab's geahnt. Aber denkste, du kriegst irgendwo einen Keilriemen.

Er stellte sich mit dem kaputten Ding an den Straßenrand. Ein Pritschenwagen hielt. Horste und Männe stiegen aus. Horste kramte wortlos ein Abschleppseil aus dem Fahrerhaus und warf es dem Moskwitschmann zu. Männe grinste bloß: Na, wenn de uns nicht hättest, Genosse.

Während der Mann unter seinem Auto rumkroch, um das Seil, zu befestigen, fitschelte ich mit meinem Taschenmesser an meinem Rucksack herum.

Mach hin, Kollege, hörte ich Horste rufen, wir ham gleich Feierabend.

Als die Pritsche mit uns im Schlepptau loszottelte, sagte der Mann und es klang, als wollte er sich selbst ermutigen. Irgendwann gibt's diese kleinen

Mängel nicht mehr.

Bestimmt, sagte ich.

Im Jahr Zweitausend, sagte Hubert.

Genau, sagte der Mann, dann könnt ihr nicht nur nach Warschau trampen.

Sondern auch nach Paris?

Genau, sagte der Mann, im Jahr Zweitausend, wenn auch im Westen die Arbeiter herrschen!

Ich dachte an Horste und Männe.

Die französischen Genossen, sagte der Mann, haben bei den letzten Wahlen ganz schön zugelegt.

Horste und Männe trugen plötzlich rote Mützen wie die barbusige Frau auf dem Barrikadenbild im Geschichtsbuchkapitel über die Französische Revolution.

Dann, sagte Hubert, spielen die Stones auch in Leipzig.

Irgendwie begann in meinem Hinterkopf das Lied vom STREET FIGHTING MAN zu scheppern. Ich bekam das alles nicht zusammen. Wie hatte Bert gesagt: etwas Neues musste her.

Und BIRDLAND, sagte ich, BIRDLAND spielt in San Francisco!

BIRDLAND? fragte der Mann, sind die neu!

Ganz neu! sagten wir und lachten.

Draußen lachte ein großes Kornfeld zurück und als die Sonne unterging, schlugen wir unser Zelt in einem polnischen Wäldchen auf. Wir erkundeten die Gegend und als wir auf ein kleines Flüsschen stießen, bestand Hubert darauf, unser Zelt umzusetzen. Wir lagen am Ufer unter ein paar Birken. Gleich hinter der Grenze hatten wir uns polnische Zigaretten besorgt. Die probierten wir aus. Wir konnten nicht sagen, dass sie schmeckten, aber sie hatten etwas Fremdländisches. Und das genügte uns.

Der Typ mit dem Moskwitsch war wie mein Alter, sagte Hubert, nur, dass der von Musik nichts wissen will. – Dann fragte Hubert unvermittelt in das Plätschern des Wassers hinein: Woran glaubst du, Henri?

Uff, der konnte Fragen stellen, wie sollte ich das wissen?

Weiß nicht? sagte ich und zottelte mein Ostermarschiererzeichen aus der Hosentasche. Vielleicht daran.

Warum hast du es dann abgeschnitten?

Wir wollen doch nach Polen und nicht mit dem Streifenwagen zum Direx oder? – Und du?

Was?

Woran glaubst du?

Weiß nicht. Vielleicht auch. Vielleicht an BIRDLAND. Vielleicht an den Kommunismus. Vielleicht an einen Kommunismus, der wie BIRDLAND ist. Ganz bestimmt aber glaube ich an das Wasser. Es fließt und fließt. Unbeirrt. Selbst wenn sie Scheiße reinkippen, fließt es weiter.

Ich weiß nicht, sagte ich, ob das dann so gut ist.

Was?

Wie das Wasser zu sein.

Wir schliefen beide schlecht, wegen der Mücken oder wegen der Gedanken oder wegen beiden. Draußen hörten wir das Flüsschen. Ab und zu ein knackendes Geräusch. Ich dachte an Messerstecher und Bären und überlegte, ob die Masuren weit von hier waren. Einmal erschrak ich so, dass ich nach meinem Taschenmesser griff. Dann schlief ich ein.

Das Beste an Sopot waren das weiße sahnige Eis und die Pizza. Das Beste irgendwo ist überhaupt immer das, was man zu Haus nicht hat. Deshalb habe ich die Leute nie verstanden, die störte, dass anderswo die Fenster nicht so tüllig garniert waren und die Bockwurst nicht so bockig wie bei uns. Außerdem habe ich noch eine Art Schallplatte mit richtiger Westmusik erstanden. Für eine Menge Złoty bekam ich ein dicke blaue Folie, in die ein Titel von den BEATLES gepresst war. Um ein Haar hätte ich diese Rille nie kaufen können, weil sich Jozef von uns Geld geborgt hatte. Aber um dieselbe Haaresbreite hätte ich dann nie Alina kennen gelernt.

Wir haben Jozef in einer Imbissbude getroffen, wo wir versuchten in Erfahrung zu bringen, wie man an Festivalkarten kommt.

Er fragte: Deutsch?

Wir nickten.

Er fragte: Arme Seite oder reiche Seite?

Wir schwiegen. Er lachte und spendierte einen Schnaps. Dann fragte er, ob wir Geld hätten. Wir dachten, er wollte uns dafür die Karten besorgen. Er hat aber eine Menge Zeugs eingekauft, um uns zu bewirten und das Geld war alle. Dafür hat sich Jozef halb ausgezogen, als er besoffen war. Er zeigte uns seinen Rücken, der war voller Narben. Er erzählte etwas von einem Aufstand. Wir haben nicht viel verstanden. Ich dachte an den Warschauer Ghettoaufstand, aber Hubert meinte, 1970 hätte es auch einen gegeben. Jetzt fehlte Bert. Bert hätte bestimmt irgendwo gelesen, woher einer heutzutage solche Narben haben konnte. Jedenfalls hat Jozef auch noch angefangen zu heulen und der Rotz lief auf seine grünweiße Trainingsjacke. Wir sind dann irgendwann auf dem Sofa eingepennt. Beim Frühstück war Jozef wieder gut drauf. Er hat mit den Hüften gewackelt und gesagt: Ich kenne scheene Mädchen. Wir feiern heute Abend scheene Party.

In der Hoffnung doch noch ein paar Karten oder wenigstens unser Geld zurück zu bekommen, verabredeten wir uns für den Abend. Wir drückten uns den ganzen Tag am Strand rum und fragten uns, wie er das mit „scheene Mädchen" meinte.

Am Abend hatte Jozef weder Geld noch Karten und in seiner Stube thronte eine dicke Madam mit purpurrot bemalten Lippen. Ihr riesiger Busen schaukelte, wenn sie lachte, auf und ab wie ein Ostseedampfer. Und sie lachte viel. Regelrecht seekrank wurde ich. Aber bald kamen tatsächlich zwei schöne Mädchen, offenbar die Töchter der Madam. Sie saßen ziemlich steif da und knabberten Salzstangen, während Hubert und ich eine Zigarette nach der anderen rauchten. Nur Jozef und seine Madam wurden immer lustiger. Wir stießen mit Wodka an. Ich überlegte, was das mit den Mädchen werden würde. Ehrlich gesagt, wäre ich am liebsten abgehauen.

Hubert begann zaghafte Konversationsversuche mit den Mädchen. Erst auf Russisch, was irgendwie nicht gut ankam. Gott sei Dank konnten die beiden auch einige Brocken Englisch. Ich zeigte auf die Mattscheibe, hinter der das Festival mit dem Temperament des heimischen Samstagabendfernsehprogramms ablief, und sagte etwas von Love&Peace. Die Mädchen kicherten albern.

Als Jozef und seine Madam uns zum Tanzen

animiert hatten, dachte ich, dass es doch noch wie Woodstock werden könnte. Anka hatte große dunkle, etwas schräg stehende Kulleraugen. Alina war sehr zierlich. Aber beide hatten die gleichen langen seidigen Haare und waren wie gesagt sehr albern. Hubert und ich versuchten möglichst lässig im Rhythmus zu wippen. Jozef und seine Madam walzten ausgelassen durch die enge Stube.

Dann passierte es, das heißt, es wurde klar, dass nichts passieren würde. Gerade als ein langsamer Titel anlief und wir noch etwas unschlüssig dastanden, drückten uns die Mädchen einen Kuss auf jede Wange und verschwanden. Es war erst elf. Jozefs Palaver entnahmen wir, dass die beiden zur Nachtschicht mussten.

Als wenig später Jozef und die Madam hinter einem Paravent zu schnaufen und zu juchzen begannen, verdrückten wir uns taktvoll aus der Wohnung.

Das mit dem Kuss der Mädchen hatte mir sehr geschmeichelt. Hubert befand ebenfalls, dass es nicht schlecht wäre, die beiden wieder zu sehen. Und so drückten wir uns am nächsten Tag vor Jozefs Tür herum. Als er kam, sahen wir an den großen Einkaufstüten, dass er wieder Geld hatte. Er gab uns sogar unseres zurück und entschuldigte sich tausendmal, wegen der Karten, aber sein Bekannter habe ihn versetzt.

Hubert hat Pech gehabt, Anka hatte einen Freund. Aber Alina ist zu einer Verabredung am Kai gekommen. Unsere englischen Vokabeln waren schnell alle. Dann haben wir Eis geleckt und aufs Meer geguckt. Spätabends habe ich sie zur Nachtschicht gebracht. Ich hatte das Gefühl, ihre Lippen verweilten diesmal ein klein wenig länger auf meinen Wangen.

Wie besoffen vor Glück bin ich durch Sopot gelaufen und gegen Morgen in unser Zelt gekrochen. Hubert war sauer, weil er hatte allein rumhängen müssen. Das war mir egal. Mit einem Mal aber wurde mir klar, spätestens übermorgen mussten wir uns auf den Heimweg machen.

Der letzte Tag war kühl und windig. Hubert stand am Strand und warf Steinchen aufs Wasser. Ich hatte es mir mit Alina etwas abseits auf der Uferböschung bequem gemacht. Wir lagen auf dem Rücken, blickten in den Himmel und tauschten über die Dinge, die wir sahen, die Wolken, die Uferschwalben, das Flugzeug, deutsche und polnische Vokabeln aus.

Schließlich passierte doch noch etwas. Alina beugte sich über mich und gab mir einen Kuss. Einen richtigen Kuss, so einen bei dem das Herz unentschieden zwischen Stillstand und Raserei pendelt. Dann setzte sich Alina auf, plapperte etwas auf Polnisch, was irgendwie harmlos klingen sollte. Plötzlich entfuhr ihrem Mund ein leiser Ausruf des Erschreckens. Als ich der Richtung ihres Blicks folgte, begriff ich. Ich warf mich auf den Bauch und war wütend auf meinen ungeduldigen Körperfortsatz und die verräterisch enge Hosenmode. Das Ganze war mir peinlich. Jetzt lachte sie auch noch so albern. Ich sprang auf, rief ärgerlich nach Hubert: Beeil dich, Mensch, wir müssen noch zusammenpacken.

Am Abend stand Alina auf dem Bahnhof. Ich hatte mir gerade diese blaue Beatles-Folie gekauft.

ALL YOU NEED IS LOVE. Ich drückte sie Alina zum Abschied in die Hand.

Aber sie hat mit Filzstift ihre Adresse auf die Folie geschrieben und sie mir zurückgegeben.

An der Grenze haben die Beamten die Folie gegen das Licht gehalten und hin- und her gedreht. Als ich ihnen sagte, dass das eine Art Schallplatte ist, sind sie damit verschwunden und haben sich wahrscheinlich eine Stunde lang ALL YOU NEED IS LOVE angehört. Alinas Adresse war danach nicht mehr lesbar. Aber ich wusste ja, wo Jozef wohnte. Nach fünfmaligem Abspielen der Folie hat die Nadel konsequent nur noch den kürzesten Weg zur Mitte des Plattentellers genommen. Alina hatte ich bald vergessen. Auch Jozef habe ich nicht noch einmal besucht. Nur als ich mir viele Jahre später meine erste CD kaufte, suchte ich mir die BEATLES aus. Es war ein perfekte Aufnahme von ALL YOU NEED IS LOVE darauf, doch sie hat nie so schön geklungen, wie meine blaue Folie.

7. Kapitel

Der Schauspieler hatte den Namen eines Baumes und an Katjas Schläfen baumelten Schillerlocken. Herr Esche führte ein Wintermärchen auf und Katjas Frisur passte wegen der Locken gut zu Weimar.

Einmal im Monat fuhr ein Bus ins dortige Theater. Dass sich die Lehrer sehr lobend über den

Bildungswert dieser Veranstaltungen äußerten, wurde durch die gastronomischen Hinweise der Zwölfer einigermaßen wettgemacht.

Katja war in der Elften neu in die Klasse gekommen und lachte sehr schön. Wenn sie dabei den Kopf in den Nacken warf, wurde der von ihren Locken umtanzt. Dieses Lachen machte für mich diesen November des Jahres 1973 zum sonnigsten Monat meines bisherigen Lebens. Alina war weit. Und es ist nun einmal so, das Essen von gestern macht heute nicht satt. Und solange die neue Liebe die alte überstrahlt, bist du nicht alt, hab ich gedacht oder später gedacht, dass ich es gedacht habe. Wahrscheinlich habe ich überhaupt nicht gedacht, denken können. Zumindest eine Stunde lang. Eine Stunde bis zur Pause. Während dieser Stunde schritt Herr Esche als der Dichter Heinrich Heine, oder, wie Katja dann behauptete, als dessen lyrisches Ich auf der Bühne auf und ab und versprach uns ein neues und besseres Lied zu dichten. Das Himmelreich auf Erden, das zu errichten er gleichfalls versprach, lag für mich in dieser Stunde zwischen den bereits erwähnten Locken.

Lasst ihn, der ist verknallt, sagte Ulle nachsichtig, als die anderen in der Pause mich vergeblich drängten, mit ihnen bis zur Rückfahrt unseres Busses die Zumutungen der Hochkultur mit Weimarer Bier der Verdauung zuzuführen.

Ich schob mich in Katjas Nähe und sagte möglichst kühl aber kennerisch: Nicht schlecht der Esche, was?

Katja antwortete mit verklärtem Blick: Ja, das ist ein Künstler!

Möglich, dass in diesen Sekunden mein Berufswunsch eben diese Richtung einschlug. Jedenfalls begann ich, von der Band BIRDLAND zu erzählen. Obwohl Mannis Versuche uns im Musizieren zu unterweisen, als gescheitert betrachtet werden mussten, konnte ich plötzlich aus eigenem Munde vernehmen, dass die Birdlander sicher bald ihr erstes Konzert geben würden.

Katja nahm es eher gelangweilt zur Kenntnis und schwärmte über irgendwelche Metaphern von diesem Heinrich und den, wie sie es nannte, Escheschen Tonfall.

Ich fragte, ob sie damit meinte, dass der Künstler so ein bisschen durch die Nase sprach, womit er eine etwas verschnupfte Vornehmheit erzielte?

Nein, empörte sie sich und schien an Stelle des Herrn Esche gekränkt, sie meine natürlich den Duktus der dichterischen Ironie.

Duktus. Noch so ein Wort. Ich merkte wie ich immer saurer wurde, nicht nur weil ich zu Hause würde nachschlagen müssen, was Metaphern sind und ein Duktus.

Als der Schauspieler mit dem escheschen Tonfall wieder auf die Bühne kam, um seine Metaphern zu verkünden, beugte ich mich zu Katja und brummte ihr etwas ins Ohr von Spießerfrisur, was sie mit einem bösen Zischen quittierte. Ich fühlte mich sehr unverstanden und ärgerte mich, nicht mit den anderen der Bauchkultur den Vorzug gegeben zu haben.

Zum Schluss lief Herr Esche immer aufgeregter auf der Bühne hin und her und man bekam das Gefühl, dass sich etwas zusammenbraute. Als er schließlich ausrief, dass die alten Heuchler an ihrer

Lügenkrankheit sterben werden, dachte ich, dass so eine Metapher doch irgendwie was Wahres hat. Und vollends begann ich mich, mit dem Dichter zu versöhnen, als er versprach, dass ein neues Geschlecht kommen werde, ganz ohne Schminke und Sünden, mit freien Gedanken und freier Lust. Zwar erinnerte mich das Wort Geschlecht irgendwie an alte Schlüpfer, aber diese Ironie (oder war es ein Duktus?) verzieh ich dem Dichter, denn mir war klar, der meinte uns. Der Neue Mensch von dem Hertel so oft sprach, saß vor seiner Nase. Er begriff uns nicht, wie auch der Neandertaler den Homo Sapiens nicht begriffen hatte. Ich dachte an Kalifornien, wo dieses Geschlecht – pardon, diese neuen Menschen, schon unter der Sonne liegen sollten. Die Hippies nämlich. Den ganzen Tag am Strand rumhängen, knutschen und Musik hören. Zuckererbsen für jedermann! Mensch Heinrich, du alter Hippie, dachte ich, wir werden die Sache machen. Hubert, ich und die andern und vielleicht macht Katja auch mit und vergisst diesen alten Knochen da unten auf der Bühne. Soll der schwafeln, wir leben! Und mein Herz ist liebend wie das Licht. Sagte der eschene Heine. Ist das nicht ein bisschen kommerziell, so schlagerdeutsch? Say it in english, Henri, please. My heart is loving like the light. Schon besser. Das wird unser erster Nummer-Eins-Hit. Dachte ich.

Wir probten in der Kellerbar. Das war ein alter Schulkeller, den unsere Patenbrigade für uns ausgebaut hatte. Die Patenbrigade war der für uns zuständige Teil der Arbeiterklasse. Die Arbeiterklasse, stand in unseren Lehrbüchern, war in unserem Land die herrschende Klasse. Sie mussten trotzdem arbeiten, unsere Patenbrigade zum Beispiel im Schacht, deshalb hatten sie fürs Herrschen eine Partei. Die Partei der Arbeiterklasse, so verkündete Dr. Hertel, herrsche nicht, sie habe die führende Rolle inne. Da Dr. Hertel ein Abzeichen dieser Partei trug, verstanden wir einigermaßen, was er damit meinte. Er hatte eine fürs Zeugnis nicht unwichtige Note zu vergeben und verschiedene Methoden entwickelt, uns zum, wie er es nannte, Klassenziel zu führen. Den Mädchen legte er fürsorglich den Arm um die Schulter und bat inständig, ihm doch die richtige Antwort zu geben. Wahrscheinlich lernten die Mädchen deshalb eifriger als die Jungen, entweder um Hertel eine Freude zu machen oder um seine Umarmungen abzukürzen. Uns führte er lediglich hin und wieder vor Augen wie gefährlich das Suppeessen mit Langhaarfrisuren sei, man könne, meinte er, am eigenen Haarschopf ersticken.

Bert, einst Hertels Liebling in Staatsbürgerkunde und Geschichte, hatte sich, wie Dr. Hertel bedauernd feststellte, zu sehr unter Huberts Einfluss und den dieser Gammlermusik begeben. Hertel hatte nicht ganz unrecht, denn wie auch immer er es angestellt haben mochte, er hatte seine Haare schon mehrere Monate lang vor dem Kulturverständnis seiner Mutter retten können. Er sah mit seiner kleinen runden Brille inzwischen fast wie John Lennon aus.

Dr. Hertel war besonders irritiert, wenn Bert beispielsweise auf unsere Arbeiterbekanntschaften, wie den Schrubber oder die Patenbrigade zu sprechen kam.

Das, versicherte Dr. Hertel, ist nicht der typische sozialistische Arbeiter. Also wirklich, Jugendfreunde ...

Jugendfreund, das war eine damals weit verbreitete Anrede, eine Art Dienstgrad, einer von den niederen Rängen. Das Wort Jugendfreund ließ sich gut variieren. Direktor Bartonetzky beispielsweise sprach zu uns mit jubilierender Eindringlichkeit: Meine lieben jungen Freunde ..., womit er uns ein paar Ränge nach oben und in die Zukunft katapultierte. Einer von der Patenbrigade begrüßte uns konsequent mit: Na, Juhchentfreunte ..., wobei der Tonfall unentschieden zwischen Gaunersprache und Kabarett hängen blieb.

Das, Jugendfreunde, sagte also Dr. Hertel, könnt ihr mir mal glauben. Es scheint, sagte Bert in der Pause und knautschte ärgerlich seine Zigarette, es ist mit dem Kommunismus wie mit dem Lieben Gott meiner Oma, man muss daran glauben.

Wir dachten nicht lange darüber nach, ob uns jemals eine Begegnung mit einem typischen Arbeiter vergönnt sein würde, sondern nahmen fürs Erste mit unserer Patenbrigade vorlieb. Sie buddelten, wie gesagt, im Schacht das Kalisalz aus der Erde. Dass Salz Durst machte, verstanden wir gut. So lernten wir von unserer Arbeiterklasse, was wir schon als Junge Pioniere hatten lernen sollen: fröhlich sein und singen. Die Arbeiterklasse hatte uns sogar eine echte Discokugel beschafft. Wir bedankten uns dafür mit einem Sketch über den Klassenkampf. Wofür sich die Arbeiterklasse wiederum mit mehreren Kästen Bier bedankte. So kam es, dass mir der Sozialismus eine Zeit lang als eine recht lustige Angelegenheit erschien.

Wir jedoch arbeiteten an einer ernsten Sache: BIRDLAND. Wir probten also unter der Discokugel. Hubert hatte sogar einen Schlagzeuger aufgerissen. Exe. Exe hieß eigentlich Robert Bleichert und war Externer, d.h. er schlief nicht im Internat, sondern zu Hause. Exe sprach nur auf ausdrückliche Aufforderung, das war nicht nur im Unterricht so, sondern auch nachmittags. Es war also ein kleines Wunder, dass Hubert herausgefunden hatte, was Exe konnte. Exe war lang und blond und konnte gut trommeln. Hubert spielte also Sax und Gunni Gitarre, E-Gitarre, von seinem Elvis-Vater spendiert. Ulle traktierte seinen Bass, Gina sang und Bert machte die Technik. Ja, und ich hatte den ersten Text geliefert: eine Verenglischung von Heinrichs Reimen unter dem Titel LIKE THE LIGHT. Ansonsten begannen wir ein paar Beatles-Klassiker und auf Gunnis besonderen Wunsch LIGHT MY FIRE einzuüben.

Zu jener Zeit war es auf den Tanzsälen der Deutschen Demokratischen Republik und in ihren Rundfunksendern üblich, mancher gebrauchte das Wort verordnet, in einhundert Minuten höchstens vierzig Minuten lang englischsprachige Titel, also mindesten sechzig Minuten einheimische zu spielen. Was für uns bedeutete: viermal Stones, einmal WIE DAS LICHT – nun also doch in Deutsch, Henri – und fünfmal – was? Obwohl wir den Eindruck hatten, dass etliche Bands Jagger, Clapton und Burton kurzerhand einbürgerten, drängte ich darauf, die Regel einzuhalten. Schließlich hing daran meine Rolle als Textbeschaffer für BIRDLAND. Eine Aufgabe, die mir hin und wieder Katjas Aufmerksamkeit verschaffte. Ich fragte sie einfach nach Sachen im escheschen Tonfall, die sich gut singen lassen.

Einmal habe ich es übertrieben. Katja las mir gerade ein Gedicht vor. Es ging um Träume und Orchideen. Orchideen, das Wort klang irgendwie nach adligen Fräuleins. Also schlug ich vor, Roten Mohn daraus zu machen. Im selben Moment, ich schlich gerade hinter ihrem Rücken herum, sah ich Katjas Nacken, von Löckchen umkringelt das magische Strahlen weiser Haut und irgendeine Stimme sagte mir, ich glaube es war Gunnis Expertenrat, bei den Weibern darfst du nicht so lange fackeln. Ich beugte mich also hinab und küsste ihren Nacken. Das heißt, ich wollte es tun, doch im selben Moment hob sie den Kopf und stieß mir gegen die Lippen. Sie ignorierte völlig, dass ich blutete. Vielmehr empörte sie sich darüber, wie ich einen Dichter wie Rilke verstümmeln könne.

Mann oh Mann, sagte Gunni, hätte nicht gedacht, dass die Katja so zubeißt. Ich zog es vor, über die ganze Angelegenheit zu schweigen. Vor allem hatte es keinen Sinn, Gunni den seltsamen Zwiespalt zu erläutern, in den ich geraten war: Ich konnte diese Dichter, Rilke und Heine und wie sie alle hießen, ja eigentlich leiden, weil sie von einer Wirklichkeit sprachen, über die sonst keiner sprach. Aber ich hasste sie auch, weil Katja mich offenbar ihretwegen ignorierte.

An diesem Tag ging ich nicht mit ins Kino, sondern allein zum Bootssteg hinunter. Natürlich hätte ich mir die Domröse gerne angeguckt, aber später dachte ich, es war gut, dass ich mir PAUL UND

PAULA an diesem Tag nicht angesehen habe, womöglich hätte ich dann auch wie Glatzeder Katjas Tür mit der Axt eingedroschen. Statt dessen habe ich eine Menge nachgedacht und dabei, obwohl es erst Dienstag war, meine Wochenration Zigaretten verbraucht. Ihr werdet schon sehen, dachte es in mir. Und das konnte heißen, krieg ich eben Krebs, aber genauso auch, die Birdlander bringen's, eines Tages …

Am nächsten Tag zum Unterrichtsschluss schob ich Katja einen Zettel zu und machte, dass ich aus dem Klassenraum kam. 17 Uhr am Bootssteg, mehr hatte ich nicht geschrieben. Ich wollte einfach sehen, ob sie kam. Bisher war ich immer zu ihr gegangen. Und jetzt wollte ich einfach wissen, ob es ihr wert war, zu mir zu kommen.

Ich habe sehr lange gewartet.

Dann beugte ich mich zum Wasser hinab und wollte ausprobieren, wie lange ich den Kopf unter Wasser halten konnte. Zwanzig Meter war Hubert in der Unstrut getaucht, als wir vor dem Schaffner flohen. Das waren mindestens drei Minuten. Ich hatte es in der Badewanne gerade dreißig Sekunden ohne Luft ausgehalten. Jetzt war ich entschlossen, meinen Kopf erst wieder aus dem Wasser zu ziehen, wenn Katja käme. Sie kam nicht. Statt dessen glitt etwas an meinen Lippen vorüber. Ich schrak hoch. Ein toter Fisch. Ein toter Fisch hatte mich geküsst. Igitt. Vielleicht hat er mir ja das Leben gerettet. Aber vielleicht wäre Katja ja doch noch gekommen, wäre von ihren Dichterbüchern aufgeschreckt, hätte meine Atemnot gespürt, wäre durchs Internat gerannt, zum Fluss hinab, hätte keuchend, oben auf dem Hang gestanden: Henri, tu's nicht!

Aber ich hätte mich schon nicht mehr gerührt. Sie wäre zu mir hinab gestolpert. Sie hätte meinen schon leblosen Kopf aus dem Wasser gezogen. Und dann – die Wiederbelebung. Die Wiedergeburt!

Henri!

Katja, ach ...

Und jetzt – ein toter Fisch. Lauter tote Fische trieben mit dem Bauch nach oben auf der Unstrut. Paternick paddelte mit seinem Kahn hinterher und sammelte die Fische ein.

Ich hoffte, er hatte nicht gesehen, wie ich meinen Kopf ins Wasser gesteckt hatte, was mir jetzt peinlich war.

Gibt bestimmt 'ne gute Suppe, rief ich hinüber.

Die Schweine, knurrte Paternick, schütten wieder ihren Dreck in den Fluss.

Als ich ernsthaft fragte, was er nun mit den Fischen machen wolle, antwortete er ebenso ernsthaft, er werde sie der Partei zukommen lassen.

Nachgeborene Leser seien darauf hingewiesen, dass mit *Der* Partei, obwohl es deren mehrere gab, eben jene Partei bezeichnet war, die seit fünfundzwanzig Jahren herrschte oder auf hertelsche Art die führende Rolle inne hatte. Paternick soll des Öfteren tote Fische eingesammelt und in einem Päckchen an die Partei geschickt haben.

Das erste Mal soll die Partei sich artig bedankt und versprochen haben, dass sie sich den Direktor der Zuckerfabrik vorknöpfen werde.

Das zweite Mal hat die Partei Paternick eingeladen zu einem Vortrag über den verschärften internationalen Klassenkampf auf ökonomischem Gebiet. Man erklärte ihm, dass die Kapitalisten, welche damals nur westlich von Elbe und Werra wohnten, die Wasserreinigungsanlagen zu übertreuerten Preisen verkaufen wollten. Aber, sagte die Partei, man werde sich das nicht bieten lassen und arbeite an der Entwicklung eigener Filter.

Beim dritten Fischpaket hat sich die Partei Paternick vorgeknöpft. Danach trieben die Fische unbehelligt auf der Unstrut ihrer Wege. Die Kapitalisten sollten sehen, was sie mit ihrer Preistreiberei anrichteten, wenn die Fischleichen über Saale und Elbe im Westen ankämen Das geschähe ihnen nur recht, sagte die Partei und hatte gesprochen.

An diesem sonnigen Novembernachmittag, nachdem ich meinen Kopf im kalten Unstrutwasser abgekühlt hatte, war Paternick noch dabei, Fische einzusammeln. Ich habe Paternick, bevor ich ging, dabei geholfen. Ein paar Blätter hingen noch golden in den Bäumen. Eines fiel und fuhr in aller Stille auf dem Fluss davon.

–

Es geschah, dass den Mönch, der den Fischsammlern zusah, eine Schwermut überkam, die er meinte am anderen Ufer gelassen zu haben. Die Fischsammler stakten mit ihrem Kahn gegen den Strom. Und es schien, als schöben sie sich damit auch gegen den Strom ihrer Zeit. Er, der bei Frankenhausen von den rebellierenden Bauern verjagt und von den siegessicheren Fürsten verlacht worden war, wusste, dies konnte nur scheitern.

Was hatte er getan, und was taten diese im Kahn? Dem Leben Nachdruck verleihen? Wider die apokalyptischen Reiter. Nicht ihnen zu folgen, sondern dem Fluss des Lebens.

Und dazu, jetzt verfiel der Mönch in heiteres Lachen, *und dazu, welch Paradoxon, gilt es mitunter, den Kahn gegen die strömende Zeit hinzuschieben.*

Einer Zeit, die danach trachtet, den Flüssen die Mäander zu nehmen, um selber ungebremst dahin zu schießen in Kanälen. Solch einer Zeit, mag der, der den Schleifen des Flusses folgt, als ein Narr erscheinen: als einer, der im Gebirge das Meer zu finden erhofft.

8. Kapitel

Mrs. Ross war klein, etwas ältlich und sie hat uns inspiriert. Sie war nach dem Krieg mit einem britischen Sergeanten nach Schottland gegangen. Wir stellten uns Mr. Ross als eine Art Sergeant Pepper vor, da er nach Aussage von Mrs. Ross hervorragend die Tuba zu spielen verstand. Der Sergeant hatte nicht nur ein deutsches Mädchen, sondern unter seiner Schädeldecke auch eine deutsche Kugel mit auf die Insel genommen. Da man sie nicht herausoperieren konnte, hat die deutsche Kugel selber nach einem Weg aus dem britischen Schädel gesucht. Sie hat ihn nicht gefunden, doch der Sergeant ist dabei gestorben. Mrs. Ross habe so allein das schottische Klima nicht länger vertragen, sagte sie, und ist nach Deutschland zurück. In den Osten, weil ihre Eltern dort lebten. Die Russen schreckten sie nicht, weil der Sergeant den rauhen Akzent nachahmend von ihnen als seine Anti-Gitler-Brüder gesprochen hatte.

Sie hatte die ersten Monate nach ihrer Rückkehr

einige wenige Male an Schulen über ihre britische Zeit gesprochen. Aber mal betonte sie den Organisatoren die sowjetisch-britische Waffenbrüderschaft zu sehr, mal zu wenig. Jedenfalls, versicherte sie anlässlich einer original englischen Teestunde in ihrer kleinen Wohnung, seien wir seit langem die ersten Schüler, denen sie davon erzählt habe.

Ihre Vergangenheit prädestinierte Mrs. Ross immerhin dazu, uns in Englisch zu unterrichten. Wenn sie uns Bob Dylan oder Joan Baez vorspielte, dann pflegten wir sie in unseren Gesprächen mit dem Attribut unheimlich progressiv zu adeln.

An dem Tag, an dem sie Ihre Einladung zum Tee aussprach, kamen mir große Zweifel, ob es wirklich so gut war, immer zu wissen, was sich hinter diesen englischen Wörtern verbarg. Hubert hatte vorgeschlagen, sich mal einen Gospelsong vorzunehmen und zu diesem Zweck eine Platte von Mahalia Jackson mitgebracht.

Translate please! Einige stöhnten, doch bald stand an der Tafel: Ich gehe, mein Schwert abzulegen und mein Schild

Unten am Ufer des Flusses werde ich sein

Und nie mehr das Handwerk des Krieges studieren. Nie mehr!

Ulle meldete sich, erst etwas zaghaft, doch dann sehr bestimmt. Er wirkte irgendwie beleidigt. Erst nach und nach begriff ich. Schließlich wollte Ulle Offizier werden und dieses Lied, sagte er, das sei ja der blanke Pazifismus. Er begreife das nicht. Schließlich sind ja ihre Engländer, sagte Ulle, auch in der Normandie gelandet, um Hitler eins überzubraten.

He, Ulle, rief Hubert von hinten, ich habe die

Platte mitgebracht, ich, nicht die Miss – und Hitler, das ist lange vorbei.

Jetzt drehte Ulle richtig auf: Aber Vietnam, Vietnam ist doch nicht vorbei! Und Chile, das hat gerade erst angefangen!

Schweigen. Wir hatten sofort die Bilder im Kopf:

Das napalmverbrannte schreiende Mädchen in Vietnam. Allende mit einem Stahlhelm über seinem Professorengesicht.

Ich, sagte Ulle und ließ sich in die Bank fallen, ich gehe jedenfalls nach Südamerika! Und ... und nicht runter zum Fluss.

Das gab mir einen Stich. Verdammter Mist, die Birdlander drohten sich zu zerstreiten, wegen dieser blöden Übersetzung. Sollte doch später jeder sein Ding machen. Ulle mit der Knarre durch den Urwald rennen und Hub in der Kirche Gospels spielen. Aber jetzt ging es um BIRDLAND.

Mensch Leute, sagte ich, das ist doch bloß ein Lied.

Ja, typisch, fauchte Gina, bloß ein Lied ...

Oh, Mann. Was war hier nur los. Wie es aussah, gab es Situationen, wo das Ding des einen, das des andern kaputt machte. Ratlos sah ich zu Mrs. Ross. Die stand vor der Tafel und wirkte noch kleiner und noch faltiger als sonst. Sie blinzelte ängstlich durch die dicken Gläser ihrer Brille und lächelte etwas hilflos. Dann sagte sie: Klaus-Ullrich, Hubert, Henri, please, repeat it in english! And –, sie zögerte, lets make a teatime next week.

Ulle knurrte und ließ sich auf seinen Platz fallen, dann wurden wir alle vom Klingelzeichen erlöst.

Eine Woche später drängelten wir uns in Mrs.

Ross winziger Wohnung. Ihre Bude war völlig zugehäkelt, überall lagen weiße gehäkelte Deckchen, sogar, wie ich im Laufe des Nachtmittags feststellen konnte, die Klobrille besaß einen gehäkelten Überzug. Die Wände waren voller Fotos, auf denen Mrs. Ross und ihr Sergeant zu sehen waren: vorm Tower, vor einer schottischen Landschaft, vor einem kleinen Backsteinhäuschen und als zwei Pappmatrosengesichter vor einem alten Schlachtschiff. Irgendwie war ich enttäuscht, ich weiß nicht, ob ich wirklich ein Poster von Bob Dylan erwartet hatte. Immerhin gab es dann immerhin Musik von Dylan. Nachdem wir den Tee und Mrs. Ross' britischer Vergangenheit bewältigt hatten, holte sie hinterm Schrank ein Schifferklavier hervor und spielte ein paar Lieder. Ich saß auf dem Teppich und, weil das Schifferklavier sehr groß und Mrs. Ross sehr klein war, sah es aus, als säße ein Schifferklavier im Sessel und sänge mit dünner Stimme: How many roads must an man walk down ...

Gina und ich lehnten Rücken an Rücken. Gina sang leise mit und ich hörte gleichzeitig Dylan und Gina. So war ich es, der Mrs. Ross zu immer weiteren Zugaben aufforderte.

Da Bert wegen einer Blinddarmoperation fehlte, begann ich mir auszumalen, wie der Chefchirurg Bert an der falschen Stelle aufschneidet und ihm – Was für ein merkwürdiger Wurmfortsatz, Schwester! – sein Herz entfernt. Tut mir leid für dich, Bert, würde ich an seinem Grab stehend sagen und Gina fest an mich drücken. Ich fand mich plötzlich hundsgemein. Zum Glück erlöste mich das Schnarren der Wohnungsklingel aus meinem Zwiespalt.

Mrs. Ross öffnete und Sekunden später hing Paternicks Hut am Nagel über dem Bild mit den beiden Pappmatrosen. Paternick setzte sich an den Tisch, schob Tassen und Häkeldeckchen zur Seite und breitete ein paar Fotos aus. Auf allen war ein und derselbe Frosch zu sehen, über den Paternick ins Schwärmen geriet, weil es irgendeine ganz seltene Unkenart sein sollte. Paternick hieß dann bei uns eine Weile der Froschkönig.

Zugegeben, ich fühlte mich zu der Zeit selber ziemlich froschig. Mir war, als hüpfte ich quakend um die Mädchen herum, doch die kreischten nur, statt mich von ihrem Tellerchen essen zu lassen, vom Bettchen gar nicht zu reden. Bert hat seine Blinddarmoperation überlebt und Gina brauchte meinen Rücken nicht mehr zum Anlehnen.

—

Als ich Bert in seiner Redaktion aufsuchte, stand er am Fenster und blickte auf die Saale. Ein Ruderboot mit flaschenschwenkenden Menschen hielt Kurs auf eine Schwanenfamilie. Es war Himmelfahrt im Jahr 2000, der Redaktionskaffee war lau und Bert kam gerade von seinem Chef. Ich habe erreicht, sagte Bert und strich sich über sein grauschimmerndes Stoppelhaar, die beliebte Rubrik ICH HABE GELESEN nicht länger fortführen zu müssen. Stattdessen schriebe er an einer Reportage über eine Frau, deren Mutter im Gefängnis und deren Vater am Galgen gelandet war. Rassenschande, sagte Bert. Das ist Anfang der vierziger Jahre gewesen.

Mensch Bert, solche alten Dinger!?

Weißt du, sagte Bert nach einigem Zögern, wer den Polen in die Scheune zum Aufknüpfen geführt hat? – Mein Westopa!

Ich nippte an Berts Redaktionskaffee und meinte versöhnlich: Na, jedenfalls hattest du Jeans und Schokolade genug.

Sicher, er hat Schokolade geschickt. Er hat es immer nur gut gemeint. Er hat es auch nur gut gemeint mit seinem Nationalen Sozialismus. Er hat ja dem Polen auch nicht den Strick um den Hals gelegt. Er hat ihm auch nicht den Schemel unter den Füßen weggestoßen. Er hat ihn nur in die Scheune geführt. Musste er doch tun. War doch ein Befehl.

Ich dachte an Vaters scherenklapperndes Schweigen und die Ikone in seinem Koffer. Dreiundvierzig eingezogen und vor Belgrad gleich in Gefangenschaft geraten, hätte relativ sauber rauskommen können aus diesem Krieg. Und bald würde sich mein Sohn dort unten rumtreiben. Mir war, als fehlte mir dazwischen ein Stück Film.

Weißt du nicht mehr, fuhr ich Bert mit einer Erregung an, die mich selber verwunderte, weißt du nicht mehr, was Paternick erzählt hat, wie Titos Partisanen sein Dorf platt gemacht haben. Die Polen waren sicher auch nicht besser. *Das* kann man jetzt schreiben.

Ich weiß nicht, sagte Bert und sein scharfes Profil stand wie ein Schatten vorm Fenster, Geschichte ist keine Mathematik mit Plus und Minus, wo man das eine gegen das andere aufrechnen kann. – Es muss doch jeder die eigenen Koffer auspacken!

Den eigenen Koffer … – wie so eine Redensart ins Schwarze treffen kann. Die Ikone stand mir plötzlich deutlich vor Augen: der Engel, das Gesicht und daneben die von Feuer verwischte Figur. Mir schien, ich hatte die alte Band suchen wollen und etwas Älteres gefunden: Die Frage, wie das Bild in den Koffer meines Vaters gelangt war. Jetzt war es nicht mehr möglich, ihn zu fragen, jetzt war er tot.

Die Bootsfahrer auf der Saale wehrten sich mit ihren Rudern gegen den angreifenden Schwan. Bert goss Kaffee nach und sprach von der Band als einem totgeborenen Kind. Hast du Hubert schon gefragt? Mensch, Henri, der macht solche Kindereien bestimmt nicht mehr. Der ist doch bestimmt ein gestandener Musiker. Außerdem, fügte Bert hinzu, ich war ja eh bloß der Techniker.

Auf der Straße unten rauschte der Feierabendverkehr, als ich mich von Bert verabschiedete. Ich hatte schon die Klinke in der Hand, da fragte er nach Gina.

Ich hatte die Frage erwartet und sagte: ich sehe sie morgen. Um genau zu sein, ich sehe sie morgen das erste Mal seit sieben Jahren.

Ihr habt euch –, fragte Bert zögernd, ihr habt euch getrennt?

Ja, sagte ich, vielleicht doch ganz gut, wenn du mitmachst?

–

Das Frühjahr kam und ich startete einen neuen Versuch bei Katja. Ich erzählte möglichst unverbindlich vom nächsten Tanz mit CLUB 69. Sie meinte, dass wir uns sicher dort sehen würden. Hui, da war ich voll aus dem Häuschen. Und in meinem Kopf ratterte eine Räderwerk los. Sollte ich möglichst zeitig ins Klubhaus gehen, um uns Plätze zu sichern? Oder war mehr Zurückhaltung angebracht? Sollte ich nicht lieber eine halbe Stunde später lässig in der Tür stehend auftauchen? Ich bin dann mit den anderen hingegangen. Wir haben uns von der Empore aus die Sache angesehen. Katja kam tatsächlich, sie winkte mir durch die Rauchschwaden hindurch zu, kam aber nicht zu uns herauf. Als ich nach einer endlos langen Zeit mich dazu durchgerungen hatte, sie zum Tanz aufzufordern, kam mir der schöne Ralf aus der Zwölften zuvor. Er klebte den Rest des Abends ständig an ihr. Irgendwann begannen sie zu knutschen. Mir war klar, dass eine Sache vorbei war, die nie richtig angefangen hatte. Ich habe mich maßlos besoffen.

Es heißt, die Dreifünfer hätte mich nach Hause gebracht. Es heißt, ich hätte mit der Dreifünfer gevögelt. Ich weiß es nicht. Ich habe zu den Bemerkungen der anderen gegrinst und genickt, aber ich weiß wirklich nicht, ob ich in jener Nacht meiner Jungenschaft ledig wurde. Zumindest hatte ich mir meinen ersten Geschlechtsverkehr feierlicher vorgestellt, Kerzenlicht, Musik von den Troggs und Rotwein. Biggi, also die Dreifünfer, sah mich seitdem so merkwürdig an. Es war ein eher spöttischer Blick. Ich wagte nicht, sie zu fragen, was passiert war. Ich konnte nicht ausschließen, dass es etwas Peinliches gewesen war.

—

Ein junger Mensch war in einer Nacht, als die Sterne mild

vom Himmel schienen, ans andere Ufer gekommen. Er hatte, schwankend, doch entschlossen, sich drüben seiner Sachen entledigt und war herüber geschwommen. Ihm folgte, wie es schien in der Angst, dem Jungen könnte etwas geschehen, ebenfalls nackt, ein Mädchen. Es hatte, was die Satyrn mit Wohlgefallen bemerkten, üppige Brüste.

Die beiden halbwüchsigen Menschen liefen durchs hüfthoch blühende Gras, in das sie irgendwann fielen. Dies hat den Satyrn genügt. Im Glauben, die alten Zeiten kämen zurück, riefen sie die Nymphen aus dem Fluss, um dieses Ereignis zu feiern.

Beim ersten Morgendämmer fand der Mönch im hohen Gras den Jungen und das Mädchen. Der erste Tau legte sich auf die Felle, mit welchen sie die Satyrn zugedeckt hatten. Der Mönch nahm das Mädchen auf den Arm und trug sie, er wusste eine alte Furt, zurück auf die andere Seite des Flusses. Dann ging er zurück, den Jungen zu holen.

Das Mädchen war inzwischen erwacht, hatte seine Sachen gefunden und war zum Internat gelaufen, so dass der Junge, als er erwachte, sich allein am Ufer fand; ungewiss über die Geschehnisse der Nacht.

9. Kapitel

Abgesehen von meinem verwirrenden Liebesleben hatten wir in der elften Klasse unsere beste Zeit. Die Neuner und Zehner waren mit ihren pubertären Unzulänglichkeiten beschäftigt und die Zwölfer strebten schon pferdemäßig, also mit Scheuklappen an den Augen, zum Abitur. Den einen wie den anderen wurde die volle pädagogische Aufmerksamkeit von Lehrerschaft und Heimleitung zu Teil.

Wir hatten also unsere Ruhe und bereiteten uns auf den ersten glanzvollen Auftritt der Birdlander vor. Wir hatten mit Paternicks unfreiwilliger Hilfe eine Tür entdeckt, die direkt von den Waschfluren der Jungen in einen kleinen Turm führte. Über eine Treppe gelangte man dann nach oben auf die Dachböden oder ins Erdgeschoss zu einem Fenster. Hubert und ich hatten uns mal Paternicks Fledertiere ansehen wollen. Durch den Turm hatte er uns auf den Boden geführt. Nun kletterten wir nachts aus dem unteren Turmfenster und liefen zum Bootssteg hinab. In der Unstrut tänzelte der Mond. Es war windig und kühl, aber das störte uns nicht. Wir hatten viel zu besprechen.

Hubert war schlecht drauf. Er hatte darauf bestanden, dass wir den längeren Weg quer durch Internat und Schulküche nehmen. Paternick, sagte Hubert, hat uns die Turmtür gezeigt, er kriegt Ärger, wenn wir erwischt werden.

Bei Gina hast du nicht so 'ne Skrupel, fuhr ihn Bert an. Und schon waren wir mitten in unseren Problemen. Es waren nicht, wie ich befürchtet hatte, die Texte. Es waren, wie Gunni prophezeit hatte, die Weiber, insbesondere eines: Gina.

Bert hatte sie für die Band angeheuert und sie sang tatsächlich nicht schlecht. Ein bisschen wie Aretha Franklin, sagte Ulle, so soulig.

Beseelt, sagte Hubert.

Man vergisst, sagte Gunni, dass sie ein bisschen mopplig ist, wenn sie so singt.

Halt bloß die Klappe, sagte Bert, dir borg ich noch mal meine Jeans.

Deine Scheiß-Westniethosen kannst du dir sonst wo hinschieben. Totaler Reinfall.

Tatsächlich war Gunni angetan mit Berts Levis und umwölkt von Ulles Apfeldeo zu Bärbel aus der Zwölften stolziert.

Bärbel war unter den Jungs eine Legende. Sie hatte uns befragt, als es in der neunten Klasse darum ging, das Abzeichen Für-Gutes-Wissen abzulegen. Wie wir als Junge Pioniere darum eiferten, mit dem Schlitten die Apfelbäume zu umfahren, ohne dagegen zu knallen, wofür wir den Goldenen Schneemann erhielten, so galt es hier zwischen den Fragen der marxistisch-leninistischen Philosophie hindurch zukommen, ohne hängen zu bleiben. Damit will ich es mit Anmerkungen für die Nachgeborenen bewenden lassen, da es ja eigentlich um Bärbel geht. Und vor allem ging es Gunni schon damals um Bärbel. Selbstverständlich trug Bärbel, die staatstragende Gewichtigkeit ihre Aufgabe unterstreichend, eine blaue Bluse, deren Ärmel das dottergelbe Emblem der Freien Deutschen Jugend zierte. Diese Bluse, so schien uns, hat sie seit ihrem Eintritt in die einzig verfügbare Jugendorganisation des Landes besessen; sie war sehr verwaschen und eng. Unklar war, ob dies in Bärbels Sparsamkeit begründet lag oder in ihrer Neugier. Einer Neugier, die sich mit unserer traf und sich in einer einzigen Frage zusammenfassen ließ: Wann würde es Bärbels stetig reifenden Brüsten gelingen, die Knöpfe der Bluse zu sprengen? Vor allem Gunni beschäftigte die Frage so sehr, dass er sich stehenden Fußes verpflichtete, im nächsten Schuljahr die silberne und im übernächsten die goldene Stufe der Gutengewissensprüfung abzulegen. Dass ausgerechnet Gunni die Silberprüfungen bestanden hatte, lässt auf eine besonders hohe Motivation schließen oder, wie wir vermuteten, eine besondere Vertraulichkeit zwischen Prüferin und Prüfling.

Bärbel selbst, mit reichlich Eigensinn und der Macht ihres Wissens ausgestattet, liebte es, ausgiebig Toilette zu machen, während ihre Zimmergenossinnen sich in blaue Blusen verpackt, eine Etage tiefer dem Studium der Dokumente jener Partei hingaben, die, wie ich erwähnte, die führende Rolle innehatte. Es kam vor, dass sich Bärbel ein Shampoo ausborgen musste. Zu welchem Zweck sie gerne in den Zimmern der Jungen vorsprach. Diesmal also, die goldene Abzeichenprüfung stand vor der Tür, hatte es, was er lange ersehnt, Gunni getroffen. Und wie es ihn getroffen hatte, zumal Bärbel erfragte, ob Gunni das Shampoo in fünfzehn Minuten selbst abholen könne, da sie wegen der nassen Haare und so weiter.

Natürlich konnte Gunni. Und er konnte in zehn Minuten sich von Kopf bis Fuß waschen, wobei er mindestens drei Minuten für ein bestimmtes Körperteil verwandte, konnte mit Bert und Ulle wegen Jeans und Deo verhandeln und mehrere Treppen und Flure überwinden, so langsam, um dabei nicht ins Schwitzen zu geraten und so schnell, um Bärbel noch im Bademantel anzutreffen.

Dass Gunni uns die Angelegenheit später so freimütig schilderte, war nur seiner Wut über Berts Jeans geschuldet. Deren Reißverschluss hatte sich im entscheidenden Moment derart verklemmt, dass Bärbel hilfreich zugreifen musste, was Gunni wiederum derart erregte, dass, als sie die Verhakelung endlich gelöst hatten, die Rakete, wie Gunni den Vorfall umschrieb, in Bärbels Hand explodierte. Bärbel habe mit stummem Vorwurf ihre Hand betrachtet. Gunni, mit dem Gefühl durch eine wichtige Prüfung gerasselt zu sein, war lieber gegangen. Um das goldene Abzeichen hat er sich nicht mehr bemüht.

Seitdem schwor er auf Ostniethosen. Mit meiner Boxer-Jeans, versicherte er bei jeder Gelegenheit, wäre mir das nicht passiert. Da wären rechtzeitig die Nähte geplatzt.

Was Gina betraf, war es in dieser Nacht an der Unstrut das erste Mal, dass Bert so etwas wie Eifersucht erkennen ließ. Es war dann auch Gunni, der monierte, dass, wenn wir zur Probe ankamen, sie immer öfter schon mit Hub unter der Discokugel zusammenhockte. Sie arbeiteten an den Kompositionen, behaupteten sie, was sehr beeindruckend klang, sich aber, wie Gunni laut vermutete, aufs Turteln beschränkte. Bert hatte bisher dazu geschwiegen. Er drehte höchstens mal die Bässe auf, um Hubs empfindliches Ohrwerk zu ärgern.

Ich muss zu Huberts Gunsten bezeugen, dass nach meinem Eindruck, sein Interesse an Gina wirklich rein musikalischer Natur war.

Hubert wurde gleich wieder prinzipiell. Ob Gina die Sängerin der Band sei, fragte er, oder irgend jemandes Gogogirl?

Mich nervte das ganze Gerede. Es hatte doch heute um unseren ersten Auftritt gehen sollen, nicht um Weiber. Sogar der Mond im dunklen Wasser der Unstrut zitterte nervös.

–

Das Mondlicht lag auf den Wiesen. Der Mönch saß am Ufer und lauschte den Stimmen der Jungen. Es war eine Nacht wie diese gewesen, da war er dem Flusslauf gefolgt, bis zum Wendelstein. Er hatte hinauf gesehen zu den Fenstern derer Von Witzleben und gewartet, dass sie sich zeige.

Seit er Adelaide begegnet war, eines Morgens beim Fischen, trieb es ihn um. Für die mächtige Kraft die dies tat, suchte er eine Erklärung. Und so kam es, dass er bald mit dem Abt in Streit geriet, weil er zu behaupten begann, dass Gott – der Herr ist mein Hirte, so heißt es doch – die Flöte spielte und Satyrn und Nymphen im Gefolge habe wie eben auch Engel.

Was hatte der Mönch auch glauben sollen, da er sie selbst, damals noch vom anderen Ufer aus, erblickt hatte, zu der Zeit als der Eros ihn den Fluss entlang zum Wendelstein trieb. Was also hätte er glauben sollen, da er an den Teufel mit Gewissheit nicht glaubte.

10. Kapitel

Zwischen uns und dem Ruhm lag lediglich noch eine Woche im Thüringer Wald, die uns auf das Leben in der Nationalen Volksarmee vorbereiten sollte. Die Ausbilder von der sogenannten Gesellschaft für Sport und Technik spielten deshalb gerne mal brüllender Feldwebel oder strategiererfahrener Offizier. Da uns die Rolle sogenannter Sandlatscher zugewiesen war, sollten wir vielleicht daraus lernen, dass es vorteilhaft war, später einmal selber zu brüllen, statt angebrüllt zu werden oder mit dem Zeigestock über Landkarten statt mit dem Bauch durchs Gelände zu gleiten.

Es dauerte auch nicht lange und der lange Leutnant tauchte wieder auf, diesmal ohne Karabiner, dafür mit einem Koffer, den er einem Oberstleutnant hinterher trug. In dem Koffer befanden sich Verpflichtungserklärungen für den Dienst in den, wie sie gerne genannt wurden, bewaffneten Organen.

Organe, ich dachte dabei immer irgendwie an Eingeweide. Und die nun bewaffnet? Mit Stacheln vielleicht? Oder wie die Verdauungsorgane, die des Öfteren knallten und stanken.

Der lange Leutnant knallte die Hacken zusammen, als sein Oberstleutnant den Raum betrat. Erst sprach er vom Weltfrieden und dann versuchte er mir seine schicke Uniform schmackhaft zu machen. Die Damenwelt verlöre bei deren Anblick sofort die Fassung, wenn nicht gar gleich ihre Schlüpfer, haha...

Ich ließ ihn reden und verhandelte in Gedanken mit Ulle und Hubert. BIRDLAND stand, so schien mir, auf dem Spiel. Am Ende habe ich unterschrieben, drei Jahre zu dienen. Ein Kompromiss. Gerettet habe ich damit nichts.

Am besten, meinten wir, hatte es Exe getroffen, er hatte vor versammelter Mannschaft Meldung gemacht:

Genosse Leutnant, gestatten Sie, dass ich schwul bin!

Er musste noch ein paar Witzeleien aushalten, dann brachte ihn der Leutnant persönlich zum Zug. Exes Geniestreich, haben wir es genannt.

Bald begriffen wir, dass wir uns irrten. Es hatte um Exe schon immer Gerüchte gegeben. Erst war Exe mit uns ins Internat eingezogen und nach einer Woche, fuhr er jeden Tag 15 Kilometer mit dem Bus hin und her. Exe hatte etwas von einer kranken Mutter erzählt und einen vielbeschäftigten Vater.

Einmal haben wir nach der Probe noch zusammengesessen, und Bert kam auf Exes Geniestreich zu sprechen, da hat uns Exe gebeichtet, dass er tatsächlich schwul sei. Außer Gunni, der kurz aufschrie: Igitt, trugen wir es mit Fassung.

Solange du mir nicht an die Wäsche gehst, sagte Ulle. Ulle hatte einschlägige Erfahrungen, deren Zeuge ich gewesen war.

Es gab da den Inschenjör, einen älteren Mann, der sich manchmal zu uns setzte, wenn wir in der Bahnhofskneipe beim Doppelkopf saßen. Er spendierte manchmal ein Bier. Einmal hat er uns nach Haus eingeladen, er hätte Geburtstag. Ulle und ich sind mitgegangen, die anderen hatten keine Lust. Der Inschenjör erzählte von einer Menge Brücken, die er gebaut hatte: Autobahnbrücken, Eisenbahnbrücken, Fußgängerbrücken. Dann habe er Achtundsechzig, wie er es nannte, das Maul zu weit aufgemacht.

Ulle und ich sahen uns an. Achtundsechzig, da waren wir zwölf. Irgendwo in unserem Unterbewusstsein hatten sich ein paar schwarz-weiße Fernsehbilder abgelagert. Menschenmassen, berittene Polizisten, Panzer, langhaarige Steinewerfer – die

Revolution. Wo gehörten die Bilder hin? Nach Prag oder Paris. Egal. Wir hatten es verpasst. Und nickten jetzt wissend, als der Inschenjör sein Memorieren beendete: Nun bekomme er eh Rente und selber Brücken. Aber vom Zahnarzt, haha. Dann ging er neuen Wein holen. Als es polterte, gingen wir nachsehen. Der Inschenjör war die Kellertreppe hinabgestürzt. Er lag da und rührte sich nicht. Ich war überzeugt, er war tot. Ich hatte genug Kriminalfilme gesehen. Die Polizei würde glauben, wir hätten ihn umgebracht. Ich dachte an den elektrischen Stuhl und musste aufs Klo. Nach einer Weile pochte Ulle an die Tür: Kannst rauskommen, Henri, er lebt.

Wir haben den Inschenjör die Treppe hochgeschleppt und aufs Sofa gepackt. Ulle hat sich daneben gesetzt und Wache gehalten. Ich saß am Tisch rauchte eine Inschenjörszigarre und guckte mir einen Westcomic an, der da rumlag.

Ich war nahe daran einzupennen, da sagte Ulle plötzlich: Guck mal, Henri, guck mal!

Ich guckte und sah, Ulle saß wie erstarrt und guckte seinerseits auf die Inschenjörshand, die von Ulles Knie langsam aber sicher aufwärts wanderte, dorthin, wo unsereiner in seinen Tag- und Nachtträumen Mädchen rumfummeln ließ und ansonsten nur die eigene Hand. Wir guckten also auf die Inschenjörshand, nur der Inschenjör selber guckte nicht. Er hielt auch noch die Augen geschlossen, als Ulles Starre sich löste, er aufsprang und aus dem Haus rannte. Ich bin natürlich hinter ihm her.

So verstand ich in gewisser Weise, dass Exes Vater mit der Homosexualität seines Sohnes Probleme hatte. Man hatte ihm angesehen, wenn er Exe manchmal mit seinem Lada abholte, dass da irgendwas war. Er umhätschelte Exe wie einen Schwerkranken und sah sich dabei misstrauisch um. Jetzt wussten wir, dass er wohl immer gefürchtet hatte, jemand könnte von der Veranlagung seines Sohnes erfahren. Deshalb war Exe auch nur eine Woche im Internat gewesen. Dann nämlich hatte sein Vater irgendwelche eindeutigen Briefe zu Hause in Exes Bettkasten gefunden und ihn sofort aus dem Internat genommen.

Das Schlimme sei, sagte Exe, dass der Vater ständig irgendwelche Bekannte mit Töchtern einlüde. Der hofft, das geht vorbei wie Ziegenpeter. Ich halt das nicht mehr aus, flüsterte Exe, seinen endlos gequälten Blick, wenn er merkt, dass ich mich wieder nicht in eines dieser Mädchen verliebt habe, dass ich nicht so bin, wie er mich haben möchte.

Sechs Wochen später, kurz vor seinem 18. Geburtstag, war Exe tot. Er hatte uns noch mit dem Versprechen eingeladen, dass eine Menge Mädchen da sein würden. Außerdem werde sich sein Leben von diesem Tag an gründlich verändern. Wir hatten angenommen, dass Exe auf seine Volljährigkeit anspielte.

Wir haben die ganze Sache erst erfahren, als sie Exe schon begraben hatten. Erst hatte es geheißen, ein Unfall. Aber Paternick hat uns aufgeklärt, wie es wirklich war. Exe hat sich nämlich von ihm eine uralte Schwarte über Heilpflanzen ausgeborgt. Darin hat wohl auch etwas über Liebestränke gestanden. Exe muss sich irgendwie den Schlüssel für den Chemieraum besorgt haben. Dann hat er sich überm Bunsenbrenner einen Sud aus Stechapfel und Tollkirschen gekocht. Er hat wohl gehofft, dass ihm das Zeug hilft, den Herzenswunsch seines Vaters zu erfüllen, sich in ein Mädchen zu verlieben. Er hat während des Experiments wie im Chemieunterricht ein richtiges Protokoll geführt mit erstens, zweitens, drittens … Darüber stand „Ziel des Experiments: Frei sein".

Da man in dem Kräuterbuch Paternicks Namen fand, hat man ihn dafür verantwortlich gemacht. Außerdem soll er den Schlüssel für den Chemieraum rausgegeben haben. So wurde Paternick seinen Posten als Nachtwächter los, das Schulgelände durfte er nicht mehr betreten.

Eines nachmittags sahen wir Paternick das letzte Mal mit seinem Kahn vorüber staken. Es regnete und der Regen lief ihm über Hut und Mantel, alles schien hinab ins Wasser zu fließen.

Wir hockten unter den Weiden, außerdem hatten wir einen großen alten Schirm aufgespannt.

Auf Exe! Ulle hatte seine Fidel Zigarre zum Bootssteg mitgebracht. Er hatte sie eigentlich mit uns vor seinem Abschied nach Südamerika rauchen wollen. Wir ließen sie kreisen. Und jeder versuchte, mit dem Rauch Exe einen guten Gedanken nachzuschicken.

Wieder war es Hubert, der aussprach, was ich krampfhaft versuchte wegzuschieben. Er sagte: Wir hätten was tun müssen!

Ja, aber was?!, rief ich, was?! Es war mein schlechtes Gewissen, das rief, weil ich wohl eher Exes Vater verstanden hatte als Exe.

Hätten wir etwa alle einen auf schwul machen sollen, sagte Ulle.

Was weiß ich, sagte Hubert. Vielleicht mit seinem Alten reden.

Es war doch aber ein Unfall, sagte Bert, oder glaubst du …?

Ist das ein Unterschied? Sich anpassen oder sich umbringen? – Ich glaube, sagte Hubert, dass es möglich ist, wenn einer ein Risiko eingeht, dass die Hoffnung, es möge gut gehen, nicht viel größer ist, als der Wunsch, dass es misslingt. Sehr viele Tage, viel zu wenige Tage, sollten vergehen, da würde ich mich an Huberts Worte erinnern.

Es hatte an diesem Tag bereits seit Stunden geregnet. Die Böschung am Fluss war ins Rutschen gekommen und hatte eine kleine Steinmauer weggedrückt. Die Steine kullerten jetzt am Flussufer herum. Der Regen ließ nach. Hubert kratzte an einem herum. Hört mal, rief er, da steht was drauf:

Wem, Herr, soll ich folgen, wenn nicht den Flüssen …

Ich habe gelesen, sagte Bert, im Angesicht des Todes werden die meisten fromm?

Hört jetzt bloß auf zu stänkern, sagte ich.

Genau, sagte Gunni, was machen wir jetzt ohne Drummer?

Hubert zuckte die Schultern. Der Regen setzte aufs Neue ein. Die Tropfen ließen Ringe kreisen auf der lehmtrüben Brühe. Er platschte und schlug Blasen. Wir standen da und sahen zu.

Einige Tage danach sind wir mit den Mopeds nach Q. gefahren, um Exe auf dem Friedhof einen Besuch abzustatten. Wir hatten sogar Blumen besorgt. Einige Lehrer hatten ihren Garten neben dem Schulgelände, da standen schließlich genug rum.

Auf den Grabstein stand: …zu früh gegangen.

Wir fanden, die hätten wenigstens die Wahrheit schreiben sollen: eingegangen an der Spießigkeit seines Alten oder so. Ulle knurrte irgendwas und wandte sich ab. Wo willst du hin?, rief Gunni.

Dem Alten werde ich es zeigen, fauchte Ulle und ging zu seiner Schwalbe. Wir hinter ihm her. Wir fühlten uns in diesem Moment wie Exes Rächer. Ich hoffte nur, dass Exes Vater nicht da war.

Er war da. Er hockte klein und mickrig auf der Couch, neben einer riesigen Schrankwand. Frau Bleichert hatte, angetan mit einer großblumigen Kittelschürze, geöffnet und mit Heulen angefangen, als wir uns als Exes Mitschüler vorstellten. Da hat Ulle seine Hände in den Taschen gelassen, bis Herr Bleichert uns eine Zigarette anbot. Bleicherts ließen den Fernseher laufen, hatten nur den Ton leise gedreht. Man zeigte ein Fußballstadion voller Menschen, die von Soldaten bewacht wurden. Durchs geöffnete Balkonfenster hörte man eine schackernde Elster und krakeelende Kinder. Irgendwo versuchte ein Trabantfahrer vergeblich zu starten.

Diese Schande, nein diese Schande, jammerte Frau Bleichert und holte eine Flasche Wilthener Weinbrand aus der Hausbar. Das der Junge uns das antun musste!

Herr Bleichert wurde noch kleiner. Es sah aus, als würde er sich für den Rest seines Lebens vom Qualm seiner f6 vertreten lassen.

Frau Bleichert kittelte durch die Stube und postierte sorgfältig Gläser auf dem Tisch. Als wir auf unsere Mopeds verwiesen, trank sie allein und räumte, nachdem Herrn Bleicherts Schnapsglas leer aus der Rauchwolke wieder aufgetaucht war, den Tisch ab. Gina sprang ihr helfend bei. Frau Bleichert wiederholte: Aber das hätte er uns doch nicht antun müssen, solche Sachen zu machen ...

Wir guckten auf den Teppich und schwiegen. Nur Hubert konnte wieder seine Klappe nicht halten: Es sollte doch aber jeder so sein können, wie er ist!

Aber junger Mann, tadelte Frau Bleichert, man muss doch auch ein wenig Rücksicht nehmen!

Herr Bleichert hatte aufgehört zu schrumpfen und tauchte aus dem Rauch auf. Er packte das Sofakissen fest mit beiden Händen, wie ein Schild: Der Junge hat recht. Wir hätten ...

Wir haben, unterbrach Frau Bleichert, doch immer alles für ihn getan!

Bestimmt, sagte Gina tröstend.

Und Gunni sagte: Exe, Entschuldigung, Robert war ein guter Schlagzeuger.

Herr Bleichert nickte, dann brannte er sich grau und zitternd eine neue Zigarette an.

11. Kapitel

Vielleicht war es Exes Tod, der für eine Zeit lang allen Streit von den Birdlandern fern hielt. Wir kamen, glaubten wir, gut voran.

Bald sollten wir erfahren, wie viel uns noch von einer echten Band trennte.

Zum Tag des Bergmanns hatten wir unseren ersten Auftritt. Wir durften dank der Verbindungen unserer Patenbrigade ein paar Titel spielen. bevor das Büfett eröffnet wurde.

Aber nicht länger als fuffzehn Minuten, hatte ein Gewerkschaftsmann gesagt, unsere Kollegen sind immer sehr hungrig, das Büfett soll nicht kalt und das Bier soll nicht warm werden. Nicht wahr, Jugendfreunde?

Der Schlagzeuger der Kapelle GLÜCK AUF hatte zugesagt, den Birdlandern ein bisschen Rhythmusunterstützung zu geben. Wir waren sehr aufgeregt. Der Saal war voll und der Chor der Küchenfrauen hatte gerade unter, wie es am nächsten Tag in der Zeitung hieß, lang anhaltendem Beifall mit dem Lied MOSKOWSKAJA WETSCHERA geendet. Ulle, Gunni, Hubert und Gina kletterten auf die Bühne, derweil suchte ich den Schlagzeuger. Von da an lief alles ein bisschen wie im Alptraum.

Ich fand den Glückauftrommler am Tresen der benachbarten Gaststube, wo er sich schon ein wenig in Stimmung getrunken hatte. Er tat aber, als wisse er nichts mehr von seinem Versprechen. Erst nachdem ich mit ihm, auf meine Kosten, auf die Musik im Allgemeinen und, denn auf einem Bein kann man nicht stehen, auf die Kapelle GLÜCK AUF, nicht zu vergessen, da aller guten Dinge drei waren, auf BIRDLAND getrunken hatte, erst dann gelang es mir, ihn in den Saal und auf die Bühne zu bugsieren.

Bert fummelte an Ginas Mikro und machte Sprechproben. Einszwei, einszweidrei, hört ihr mich?! Los geht's!

Einige mussten das falsch aufgefasst haben und eilten zum Büfett. Andere folgten und dann war kein Halten mehr. Der gemütliche Teil des Abends hatte verfrüht, nämlich vor unserem Auftritt begonnen.

Was sollten wir tun. Wir fingen trotzdem an und Gina versuchte, das Klappern und Klirren, das Schlurfen und Plappern, das Lachen und Prosten zu übertönen.

Nach der ersten Nummer von den BEATLES klatschen einige artig. Die Pause zwischen zweitem und drittem Titel bekam schon keiner mehr mit. Zu allem Überfluss trommelte der Schlagzeuger wie er lustig war – hinterher nannte er das jazzmäßige Improvisationen – dem Titel BLACK BIRD unterlegte er einen Walzerrhythmus oder Gunnis Spezial LIGHT MY FIRE machte er zur Polka. Gunni wurde immer nervöser, Hubert konzentrierte sich auf seine Klappen und Ulle zupfte stur seinen Beat.

Bert und ich sahen uns ratlos an. Sollten wir die ganze Farce nicht lieber abbrechen. Aber gerade als Bert den anderen ein Zeichen geben wollte, kam der obere Gewerkschafter glühend vor schnapsiger Freude und sprach von einem sehr gelungenem Abend.

Inzwischen waren die anderen beim letzten Titel angekommen, aber sie spielten nicht die Pudhys-Nummer, die wir uns ausgeguckt hatten, sondern, ich erkannte es sofort an Huberts Einstieg, sie spielten unser Lied, das Lied von den Flüssen. Ich sah Bert an, Bert sah mich an. Wir schüttelten entsetzt den Kopf. Das war unsere stärkste und einzige eigene Nummer. Aber: sie war noch nicht fertig. Den Text hatten wir zusammen in den Tagen nach Exes Tod gemacht, aber der Song hatte immer noch gehakt. Vor allem an einer Stelle. Da hatte Hubert immer sein Saxophon weggelegt und gesagt: Nee,

Leute, so wird das nichts! So geht das nicht.

Ach, Bert winkte ab, sollten sie machen. Was auch geschah, hier würde es sowieso keiner merken. Schicksalsergeben lauschten wir Ginas dunkler bluesiger Stimme:

Sie reden von gestern, doch der Himmel von heute

hat ein anderes Blau.

Sie warten auf morgen, doch die Straßen von heute

sind schmutzig und –

Das war die kritische Stelle. Ich hatte einen Reim auf blau wie grau verhindern können. Doch gerade das ließ den Blues an dieser Stelle holpern.

Gina machte ein Pause und Huberts Saxophon drohte, leise zu verdudeln. Ich wartet mit Bangen. Zu allem Überfluss, sei es, dass bei den Kumpels die Verdauung eingesetzt hatte oder sie immerhin an Ginas Stimme gefallen gefunden hatten, auch die Kumpels schienen zu warten, was nun passierte.

…doch die Straßen von heute

sind voll Realisten, flüsterte Gina ins Mikro.

Die Rettung kam, wie so oft von unerwarteter Seite. Der glücklich besoffene Trommler der Bergmannskappelle glitt in einen lateinamerikanischen Rhythmus, BosaNova oder sowas.

Ulle zupfte wie elektrisiert los. Hubert tastete sich, anfangs noch zurückhaltend, in eine Melodie. Und Gina jubelte los wie entfesselt:

Das Unmögliche nur

hat noch keiner versucht.

Und nach einigen gospelartigen Variationen dieser Liedzeile durch Gina, die sich mit dem Schreien

des Saxophons mischten, kam der Refrain ganz entspannt und kraftvoll fließend, so wie es sein sollte:
Wem soll ich folgen, wenn nicht den Flüssen
Wohin soll ich gehen, wenn nicht zu dir
Dann war Stille. Nach einigen unentschlossenen Applaudierern, ging ein großes Klatschen los. Ich war mir nicht ganz sicher, ob da nicht etwas Mitleid mitschwang. Aber ich beschloss, dem Organ der Kreisleitung der Partei mit der führenden Rolle zu glauben, das anderntags schrieb: Die Werktätigen des Volkseigenen Kalischachtes „Adolf Brennecke" haben anlässlich ihres Ehrentages unter Anwesenheit des 1. Sekretärs der Kreisleitung der Sozialistischen Einheitspartei Deutschlands, des Genossen Waldemar Rubrecht mit anhaltendem Applaus eine junge Nachwuchskapelle der Erweiterten Oberschule unseres Ortes ermutigt, auf ihrem Weg zu den Höhen der sozialistischen Kultur zu Ehren des 24. Parteitages der Kommunistischen Partei der Sowjetunion und des 10. Plenums des Zentralkomitees der Sozialistischen Einheitspartei Deutschlands fortzufahren. Der nächste Schritt dazu sei, so der Rat des Kumpels, Genossen und Helden der Arbeit Karl Krull, die Umbenennung der Kapelle „Portland" in „Kali-Combo" und die Aufnahme einiger Titel des sowjetischen Liedgutes ins Repertoire, wobei das sozialistische Volkskunstkollektiv des Chores der Küchenfrauen sicher wertvolle Anregungen geben könne.

Da war sie wieder, die Vatersprache. So unverständlich, dass Ulle den Artikel problemlos zu unseren Gunsten interpretieren konnte. Bert las daraus stirnrunzelnd eine Kritik und Hubert schüttelte den Kopf: Eh, die machen aus BIRDLAND Portland-Zement, Beton statt Musik.

—

Es hat aber niemand bemerkt, dass an dem betreffenden Abend auf das Flötenspiel des Mönches hin, zwischen den Schilfhalmen eine Nymphe auftauchte und lachte.

In den duftenden Nächten des Juni streicht Gott, so dachte der Mönch, der Welt übers knisternde Fell. Wie Sternschnuppen sprühen die Funken und lassen die Sphären ertönen.

Aber ein einziges Menschenwort kann das Herz zerspringen lassen. Und jeder Splitter ein stürzender Engel durch die endlose Kälte des Alls.

So war, dachte der Mönch, das Wort Adelaides gewesen: Geh! Du, du mit deinem Klumpfuß!

Die Nymphe lachte noch immer. In der Ferne verklang das Jaulen eines einsamen Hundes. Jetzt lachte auch der Mönch und der Mond sowieso.

—

Mir war das egal. Mir war auch egal, wie Gunni ausführlich schilderte, dass, nachdem die letzten Kumpel singend nach Hause gewankt seien, er mit einer angehenden Küchenfrau im großen Suppenkessel nackt gebadet habe. Mir war das alles egal, denn ich hatte mich ein zweites Mal in Gina verliebt oder überhaupt erst richtig. Die Art und Weise, wie sie unser Lied von den Flüssen sang, hat mich umgehauen. Natürlich machte ich mir einen Kopf, was aus den Birdlandern werden würde, wenn jetzt Bert auch noch auf mich eifersüchtig wäre. Nicht, dass ich von Gina schon irgendwelche eindeutigen Signale empfangen hätte. Natürlich habe ich jeden Blick von ihr zu meinen Gunsten ausgedeutet. Aber sie ist ja immer noch mit Bert gegangen. Trotzdem habe ich Gina, altertümlich ausgedrückt, den Hof gemacht. Aber ich tat es auf meine unnachahmlich bekloppte Art, was bedeutete, ich drückte mich in ihrer Nähe rum, tat aber, als interessierte mich lediglich der Aufstieg der Birdlander und sie bestenfalls in ihrer Eigenschaft als Sängerin und nicht als Gina mit dem dunkelroten Duft. Und plötzlich begann ich Gunni zu beneiden, dass der so einfach mit Küchenfrauen in den Kessel steigt, dass es ihm scheißegal ist, ob die Kumpels anderntags daraus ihre Suppe löffeln und was irgendjemand darüber denken könnte. Gunni hatte seinen Spaß gehabt und ist eine ganze Weile mit der Küchenkirsche gegangen. Für ihn schien das Leben verdammt einfach zu sein und klar.

Ich habe mir noch am selben Tag aus der Heimleitung den Schlüssel zum Musikzimmer geholt und dort auf einem alten Harmonium rumgehämmert und Noten gepaukt. Ich dachte, dass ich dann vielleicht auch mit Gina übers Komponieren reden könnte. Es hat nicht viel genützt und dann kam sowieso alles anders.

12. Kapitel

Es war ein Samstag, als ich nach Hause kam. Schon im Flur hing ein fliederblauer Duft, durchzogen vom Geruch einer frisch entzündeten Peter Steuyvesant. Das Fliederblau gehörte zu Tante Grete, die mit der Mutter in der Küche wirtschaftete. Und die Steuyvesant zu Onkel Hans. Wir hatten also Westbesuch.

Onkel Hans stand raumfüllend in unserer Stube und erläuterte meinem Vater gerade, was der alles von der Steuer absetzen könne, wenn er im Westen wäre. Anschließend ließ er sich von seinem Schwager, also von meinem Vater, die Haare schneiden. Er hatte nämlich eine Großpackung Haarwasser mitgebracht, die mein Vater auf diese Weise gleich ausprobieren könne. Das ist doch was anderes als euer Pitralon. Das Haarwasser gab Onkel Hans Gelegenheit, die Anstrengungen zu erläutern, die er unternommen hatte, um meinem Vater das Haarwasser auch recht preiswert zu besorgen und dass er es glauben könne oder nicht, aber er zum Beispiel habe am Ende 37 Pfennige gespart. Ein echtes Schnäppchen, mein lieber Schwager, ein echtes.

Da mein Vater etwas deprimiert dreinblickte, fühlte sich Onkel Hans genötigt zu versichern, dass im Osten sicher auch nicht alles schlecht wäre. Ihr zum Beispiel müsst hier nicht so ran wie unsereiner. Ich zum Beispiel habe acht Überstunden die Woche.

Onkel Hans arbeitete bei VW und fuhr auch einen solchen. So schob er in seine Rede auch eine an mich gerichtete Bemerkung: Willst du dir nachher mal ein Auto angucken?! Ein richtiges Auto, Onrie?! – Onrie, erklärte Onkel Hans, ist französisch und heißt Henri auf deutsch. Wir waren nämlich in Frankreich, die Grete und ich.

Im Jahr zuvor hatte er Vater Arßer genannt, was englisch klingen sollte. Im Jahr davor hatte er Schwesterlein immer mit Señorita angeredet. Für das nächste Jahr hatte er eine Reise zu den Pyramiden angekündigt. Ich war gespannt, wie Mutter auf Arabisch heißen würde, aber wahrscheinlich auch nur El Vira.

Über den Ohren musst noch was weg, Arthur! – Mit dem Bus waren wir da. Letzte Woche. In Lurrt an der heiligen Quelle. Vielleicht, sagt Grete, hilft es gegen die Galle. Aber die meiste Zeit saßen wir in einer Gaststätte. Piekfein, sag ich, Arthur – Ja, so ist jetzt gut, mit der Länge! – Da haben sie Kamelhaardecken verkauft. Echt günstig, kannst du da kaufen, Arthur, auf so einer Busfahrt. Na ja, an der Quelle sind wir dann noch schnell vorbei gefahren. Grete sagt, die Decke hilft schon! Tja, wenn man hart arbeitet, kann man sich auch was leisten bei uns!

Wir, sagte der Vater, stehen auch den ganzen Tag im Laden.

Sicher, Arthur, sicher, aber du siehst doch, was dabei rauskommt. Der Onkel machte eine weit ausholende Geste. Na ja, liegt eben alles am System! Na, vielleicht gibt's ja jetzt unter Honecker ein paar Lockerungen für den Mittelstand, Arthur. – Lass im Nacken etwas länger, Arthur. Man muss ja mit der Zeit gehen, nicht wahr, Onrie?! Er lachte. Ich zum Beispiel habe nichts gegen die Langhaarigen, solange sie gepflegt sind. Gepflegt müssen sie schon sein, nicht wahr, Arthur? Na, das verliert sich alles mit der Zeit. Diese ganzen Flausen. Nicht die Hoffnung aufgeben, nicht aufgeben, Arthur. Na, und wir zum Beispiel sind ja auch noch da, wenn es mal ganz dicke kommt.

Ich weiß nicht warum, aber ich fühlte mich durch Onkel Hans' Redeschwall angeregt, meinerseits eine Einschätzung der politischen Lage, insbesondere der des Mittelstandes abzugeben. Der Einfachheit halber griff ich auf Formulierungen unserer damaligen Vatersprache zurück: Der Mittelstand, sagte ich, lebt ständig in der Furcht zu verelenden und herabzusinken in das Proletariat. Gleichzeitig strebt er danach, sich zum Bourgeois zu erheben, indem er als Erstes danach trachtet, sich wie dieser zu verhalten. Dort aber, fügte ich in genialem Schluss hinzu, wo die Produktionsmittel Volkseigentum sind, liegt die Chance des Mittelstandes ebenfalls im gemeinschaftlichen Eigentum, in den PGH.

Vater fuchtelte nervös mit der Schere. Der Exkurs seines Sprösslings war im offenbar peinlich.

Onkel Hans lachte gönnerhaft. Lass man Arthur, der Onrie hat recht, wenn das bei euch hier die Linie ist, hat es kein Zweck, sich dagegen zu sträuben. Die machen euch sonst kaputt, wie sie die Großbauern kaputt gemacht haben, damals. Aber, du musst aufpassen, Arthur, dass der Junge die roten Reden nicht verinnerlicht. Solche schmeißen bei uns am Ende Bomben, wie der Baader, das ist auch so'n Studierter. Dabei kann bei uns jeder was werden, wenn er nur arbeiten will und fleißig ist. Sogar die Griechen und die Türken sind bei uns zu was gekommen, Italiener, Jugoslawen … Wer sich ein bisschen anpasst, der kann bei uns was werden, hier in Deutschland! Nicht wahr, Arthur?

Warum, knurrte mein Vater, soll ein Türke oder ein Jugoslawe auch schlechter arbeiten als wir?

Onkel Hans stutze. Na ja, Arthur, ich meine ja auch nur den Knoblauch, das muss doch nun wirklich nicht sein. – Gehe gleich noch mal mit dem Rasiermesser übern Bart, Arthur, will mal sehen ob mein neuer Elektrischer was stehen gelassen hat. – Ich zum Beispiel, Onrie, fuhr Onkel Hans fort und fixierte mich im Spiegel, ich zum Beispiel fliege nächstes Jahr mit deiner Tante nach Ägypten. Ach, das sagte ich ja schon. Da soll schon Napoleon gewesen sein. Lernt ihr so was überhaupt bei euch hier? Wo fahrt ihr dieses Jahr eigentlich hin? Wieder an die Talsperre? Na ja, ist auch nicht schlecht. Ich zum Beispiel sage immer, in der Heimat gibt es die schönsten Ecken. Aber solange wir es noch können, wollen wir uns die Welt ansehen. Na, eines Tages, Arthur, ...

Onkel Hans kam nicht dazu zu verkünden, was eines Tages sein werde, denn Mutter rief zum Kaffee. Ich sagte etwas von einer Verabredung und ergriff die Flucht. Onkel Hans erzählte irgendwas von Kondomen und feixte.

Ich preschte wie ein Blöder mit dem Moped über die Feldwege. Ich hatte keine Verabredung, schon gar nicht eine, zu der man Kondome brauchte. Ich wollte nirgends hin, ich wollte nur weg. Und ich wollte vor allem weg von Onkel Hansens „Eines-Tages". Das hing wie eine Drohung über mir. Eines Tages ... Ich sah ich mich im Friseurstuhl sitzen und hörte mich reden: Lassen Sie sie doch etwas länger hinten. Man muss ja mit der Zeit gehen. Ich zum Beispiel ... Ich zum Beispiel rauche Peter Steuyvesant, Sie wissen, die mit dem gewissen Duft. – Wenn das alles nicht so verdammt gut riechen würde. – Sie können sich nicht gegen die Linie sträuben, sonst werden Sie kaputt gemacht. – Vielleicht sollte ich doch lieber mit Ulle in den Urwald gehen und Bomben bauen, eine ganz persönliche für Onkel Hans.

Ich bin dann wohl gegen einen Feldstein geknallt und über den Lenker gegangen. Als ich zu mir kam, tuckerte mein Habicht noch leise und in den Kirschen am Feldrain sang eine Amsel. Da wusste ich, was zu tun war. Ich fuhr zu Hubert.

Hubert ging es auch nicht besser. Er hatte zwar keinen Westbesuch, bei Fiedlers gab es so was nicht, aber sein Vater hatte ihm wieder mal eindringlich erläutert, was das Beste für Hubert wäre. Hubert wollte Musik studieren und es war höchste Zeit für die Bewerbung.

Mann, oh Mann, sagte ich, du weißt wenigstens, was du willst, aber ich? Was soll ich studieren. Manni hat sich mächtig bemüht, aber für Musik reicht es bei mir nie.

Außerdem war Onkel Hans offenbar dem Einfluss meiner Agitation erlegen und hatte, bevor ich wegfuhr, begonnen meinem Vater einzureden, mich Betriebswirtschaft studieren zu lassen; oder Politische Ökonomie oder wie das bei euch heißt, dann wird er mal PGH-Chef und ihr habt wenigstens was davon.

Herr Fiedler wollte Hubert wenigstens auf Musiklehrer vereidigen, Lehrer für Musik und Geographie. Das nannte Huberts Vater Kompromiss. Lehrer, ein schöner Beruf. Menschenbildner, wie

Prometheus. Der Neue Mensch, Hubert, hatte Herr Fiedler appelliert, der Neue Mensch muss geformt werden. Und du, Hubert, kannst dabei sein!

Wir fühlten uns zu der Zeit tatsächlich wie Lehmklumpen, an denen alle möglichen Erwachsenen herummodelten. Warum konnten die einen nicht einfach in Ruhe lassen?

Als ich ankam, war Hubert allein. Seine Mutter hatte Dienst im Kreiskrankenhaus und sein Vater Besuch. Westbesuch, also doch, aber ganz offiziellen aus Frankreich. Eine Delegation der Kommunistischen Partei, mit denen Herr Fiedler im Bezirk rum fuhr, um ihnen alle möglichen sozialistischen Errungenschaften zu präsentieren.

Vielleicht ist er aber auch bloß bei seiner Freundin, sagte Hubert. Aber mir was vom Neuen Menschen erzählen, der Arsch.

Wir beschlossen, einen drauf zu machen. Wir zogen mit einer Flasche original bulgarischem Rotwein der Marke Gamza aus Fiedlers Keller zur Unstrut, das heißt zu dem Bächlein, das einmal Unstrut werden wollte. Bei der Gelegenheit habe ich Hubert nach Gina gefragt. Ach ja, Gina. Gina schwärmt nur von dir, Henri. Die wartet nur, dass du mal ein Wort sagst. Richtig fertig ist die manchmal, weil du nur von Musik quatscht statt von Liebe.

Nein, das sagte Hubert nicht, leider. Vielleicht habe ich gehofft, dass Hubert zumindest etwas ähnliches von sich gibt. Er tat es nicht. Er sagte nur: Vergiss es. Gina und Bert, das hält wie Pech und Schwefel, zumindest, was Gina betrifft. Mann, das merkt man doch.

Natürlich hatte ich es gemerkt. Mit einem Mal

hatte ich das Gefühl, dass es in meinem Leben viele Dinge gab, die ich bemerkte, aber nicht wahr haben wollte, weil sie mir nicht in den Kram passten.

—

Nun also Gina. Als ich im Sommer 2000 nach Naumburg kam, arbeitete sie noch immer in einem Heim für Behinderte. Es war gegen Mittag, da sah ich sie durch die Glasscheiben einer Tür inmitten wackelnder und sabbernder Kinder. Gina sang und die Kinder lachten. Ihre Mittagspause verbrachten wir in einem verrauchten Café. Durch die trüben Scheiben hindurch ahnte man hinter Straße und Sträuchern die Saale. Die Stühle hatten Rohrbeine, auf den Tischen standen Plastikblumen und den Kaffee gab es aus dickwandigen Tassen mit der Aufschrift MITROPA. Ich fand das alles witzig und fing an, von der Band zu reden.

Plötzlich erblickte ich draußen jemand, der mich durch die trüben Scheiben ansah. Ich wandte mich irritiert an Gina. Sie winkte nach draußen. Der junge Mann hob leicht die Hand, drehte sich um und ging. Gina erhob sich kurz, als wolle sie ihm folgen. Dann ließ sie sich wieder auf ihren Stuhl fallen und sagte: Ich habe ihm natürlich gesagt, dass du kommst.

Ben?

Natürlich, Ben! Das sagte sie mit einem Blick, der mir bedeutete, hör auf zu tun, als wüsstest du nichts! Du hättest es wissen können! Sieben Jahre hast du nichts von deinem Sohn wissen wollen. Und plötzlich interessiert dich, was er tut? Und jetzt tust du erstaunt, weil er in den Krieg will! All das hörte ich

Gina in Gedanken sagen.

Doch sie schwieg und sah mich nur an mit diesem Blick, der mich alle Vorwürfe selber denken ließ und das machte mich wütend.

Die dicke Mitropatasse polterte über die Dielen. Ich musste weg. Ich musste endlich mit Hubert über alles reden.

–

Hubert und ich sind damals noch ein bisschen barfuß im Fluss rumgewandert. Dabei hat mir Hubert eine merkwürdige Geschichte erzählt. Er habe an der Bushaltestelle gestanden, als ein Wartburg hielt und der Fahrer die Scheibe herabließ.

Hubert hatte gleich den zivilen Typen von der Polizeiwache wieder erkannt. Der wollte Hubert mitnehmen, da er rein zufällig, wie er sagte, in die gleiche Richtung fuhr.

Wir haben uns ganz gut unterhalten, erzählte Hubert. Vor allem: der Typ schien sich echt eine Platte zu machen über den ganzen Mist, der hier so abläuft. Als er mich aussteigen ließ, hat er mich noch mal rangewunken. Er dürfe es mir ja eigentlich nicht sagen, aber mein Vater sei in Gefahr in eine üble Sache rein zu geraten. Ich glaube, es hatte was mit den Franzosen zu tun. Jedenfalls, er vertraue mir, schließlich hätte ich den richtigen Durchblick. Dann hat er mir seine Telefonnummer gegeben. Nur für den Fall, hat er betont, dass mir was auffallen sollte.

Mensch, Hub, sagte ich, das ist ja richtig spannend wie beim Unsichtbaren Visier, wo Armin Müller-Stahl immer den Weltfrieden rettet.

Hubert schien das Ganze eher belastend zu finden. Wahrscheinlich machte er sich wirklich um seinen Vater Sorgen.

Wir warfen unsere Kippen ins Wasser und zogen unsere Latschen an. Hubert schlug vor, zu einer alten Freundin zu gehen.

Marita hatte einen zahmen Raben. Sie bot uns Hallorenkugeln an. Der Rabe bekam auch eine und gab dafür ein Geräusch von sich, von dem Marita behauptete, dass es Danke heiße.

Der Rabe, sagte Hubert, kennt sogar die Zukunft.

Na ja, nicht ganz, schränkte Marita ein, er besitzt nur eine ausgezeichnete Menschenkenntnis.

Marita war nicht das, was man hübsch nennen würde. Aber ihr Gesicht, von kurzen schwarzen Kringellocken umrahmt, musste man immer wieder ansehen. Es offenbarte von Blick zu Blick eine fast magische Schönheit. Marita war Schneiderin und änderte nebenbei für die Nachbarschaft Klamotten. Als wir kamen, nähte sie gerade an einem Samtkleid für die Frau eines Grenzoffiziers, dessen Beförderung bevorstand. In einem Bettchen nebenan schlief ein Kind. Hubert erzählte mir später, der Sprössling stamme von dem Grenzer, das sei aber vorbei.

Als der Gamza alle war, ging Hubert ein paar Bier beschaffen. Marita nähte und ich sah mich um. Ihre Wohnung war klein, anderthalb Zimmer, Hinterhaus. Die Wände kalkweiß, ein paar merkwürdige Bilder aus Stoff und Farbe, die einen regelrecht in sich hineinzogen. Fast so wie Maritas Gesicht. Ich sah den Raben an und der Rabe sah mich an. Ich sah Marita an und Marita sah mich an.

Du redest wohl nicht viel?, sagte sie.

Ich überlegte. Dann sagte ich: Nicht schlecht, und deutete auf die Bilder.

Marita stutzte und fragte misstrauisch: Wirklich?

Na ja, sagte ich, aber was ist das?

Sie lachte: Raben und entschwindende Engel.

Von Engeln hielt ich ja nun gar nichts. So sagte ich nur. Na ja.

Glücklicherweise kam Hubert mit dem Bier zurück und beendete das Kunstgespräch. Es wurde dann noch ein sehr lustiger Abend. Maritas uraltes Röhrenradio machte sogar Musik, leider reichte es nur noch für irgend so einen Omasender. Als Mireille Mathieu sang, sprang Marita plötzlich im Kleid der Offiziersgattin umher und wollte uns partout Tango beibringen. Ehrlich gesagt, wenn sie nicht so alt gewesen wäre – sie war bestimmt schon zwanzig – ich glaube, ich hätte mich in sie verliebt. Am Ende hingen wir lachend in den Sofaecken. Hubert hatte plötzlich die Idee, den Raben nach seiner Zukunft zu befragen. Marita versuchte, ihn davon abzuhalten.

So was macht man nicht aus Jux, das bringt nur Unglück.

Hubert knurrte, das sei kein Spaß, er wolle doch nur wissen, was er machen soll: Lehrer oder Musiker.

Der Rabe krächzte: oh-t oh-t oh-t-oh-t.

Hubert wurde plötzlich ganz blass und Marita hängte schnell ein Tuch über den Käfig.

Ich versuchte, die Stimmung zu retten. Hörst du, Hub?! Roht, roht, roht sollst du werden. Fragt sich nur, was der Piepmatz meint, das Hertelrot oder das eines Birdlanders?! Haha!

Haha, gar nicht haha, du Arsch, sagt Hubert und stieß mich in den Sessel. Da blieb ich sitzen, bis draußen die ersten Vögel sangen. Das Bier war alle und Hubert knutschte mit Marita auf dem Sofa rum. Ich hatte die Nase voll, ließ mir Fiedlers Hausschlüssel geben und verzog mich.

Ich trabte durch die Morgenkühle und dachte daran, dass Hubert in diesem Augenblick wahrscheinlich mit Marita vögelte. Mir schwoll der Schwanz. Verdammt, die andern haben ihr Mädchen. Die andern haben ihr Studium. Und ich? Aus einem gepflegten Vorgarten grinste mich ein Gartenzwerg an. Ich zum Beispiel, schien er zu rufen. Als ich mich abwandte, lief ihm grünlichgelb ein Spuckefladen übers Gesicht. Mühsam versuchte ich, mich mit dem Gedanken zu trösten, dass ich ja immerhin Gina heldenhaft die Treue hielt. Am Flüsschen habe ich noch eine geraucht. Ein paar dunkle Wolkenfetzen verschwanden am Horizont. Raben und entschwindende Engel. Die Sonne ging auf und mir war sehr elend. Das Glucksen des Wassers klang wie ein Spott.

–

Eli lenti, dachte der Mönch, fremdes Land. Im fremden Land zu Hause oder im eigenen Land ein Fremder zu sein. Unterschiede marginaler Art.

Er war weggegangen vom Kloster und von Adelaide, den Müntzer zu suchen. Als er bei Brüdern im Mansfeldischen Obdach fand, waren eines Nachts die Bauern gekommen. Sie erschlugen den Abt und stürzten den Altar in Stücke. Da stürzte das Reich der Gerechtigkeit und des Friedens und der Freiheit. Und als die Fürsten die Bauern erschlugen bei Frankenhausen zu Hauf, da war er endgültig in die Fremde gestürzt, mitten im eigenen Land.

Doch noch ein irdischer Himmel musste zerschellen wie ein irdener Krug, bevor das Wandern am anderen Ufer ihm die Ruhe brachte. Die Ruhe und die Gelassenheit.

Und wenn er wie jetzt die jungen Menschen am gegenüberliegenden Bootssteg sah, dann wusste er: Utopia, der Nirgendort, das war wie der blaue Rauch ihrer Zigaretten, das Strömen des Wassers, der leise Gesang dieses Mädchens, die sehnsüchtige Stimme des Saxophons. Das war das Zusammensein, zusammen sein. Utopia, das war immer nur jetzt. Doch das sah man erst vom anderen Ufer.

Utopia blieb unerreichbar als Ziel. Doch war es ein Weg. Den Spöttern zum Trotz und den nüchternen Rechnern. Dem dunklen Aberglauben an die Alternativlosigkeit der Miseren, das Licht der Ordnung entgegenzusetzen, vernünftig einzig durch Liebe. Denn Gott, dachte der Mönch, hat den Menschen die Freiheit gegeben, sich zu entscheiden. Nur dieser Weg macht die Fremde zur Heimat.

Ein Geckern stieß den Mönch aus seinen philosophischen Träumen. Die Satyrn wälzten sich in der Sonne. In ihren dunklen Pelzen hingen Blüten vom Holunder wie Sterne.

13. Kapitel

Dass ich einige Wochen später im Kaufmannsladen, wo ich mir wieder einmal aus finanziellen Erwägungen zwei einzelne Juwel holte, dem Schrubber begegnete, erstaunte mich, weil ich ihn längst im Westen vermutet hatte. Er brubbelte etwas von Bewährung.

Ich berichtete stolz vom Erfolg der Birdlander zum Tag des Bergmanns.

Ja, ja, er habe davon gehört. Na ja, das sei ein langer Weg. Aber wenn wir mal einen Rat bräuchten, er kenne sich in der Musikszene aus.

Wir arbeiteten nach dem großen Motivationsschub vom Bergmannstag an einem eigenen Programm, Arbeitstitel DER IDIOT AUF DEM BERGE. Schrubber grinste vielsagend, genial, wirklich genial, der Idiot auf dem Berge.

Für so genial hielt ich den Titel nicht, es war lediglich die Übersetzung der Beatlesnummer FOOL ON THE HILL. Irgendetwas aus dem Flusslied wäre mir lieber gewesen, aber es fehlte uns dazu noch an Selbstbewusstsein. So griffen wir auf Bewährtes zurück. Die Kenner würden darin den Hinweis auf Beatlesmusik entdecken und die anderen zumindest etwas Originelles vermuten, was uns auch recht war. Wir hatten beschlossen, aus der Not, dass wir erst recht wenige Titel drauf hatten, eine Tugend zu machen. Bert sollte zwischendurch ein paar Gedichte im eschenem Tonfall rezitieren. Bert und ich hatten auch schon eine Plakat entworfen. Ein König allein auf einem Hügel. Die Spitzen der Krone trugen Schellen wie eine Narrenkappe. Es sollte Selbstironie sein. Wir hielten uns für die Kings, Könige eben, und bemühten uns, das nicht so ernst zu nehmen.

Allerdings merkten wir zu spät, dass es Leute gab, die unsere Art des Humors nicht verstanden. Einer musste beim Direktor angerufen haben.

Dr. Hertel saß dabei, schüttelte traurig den Kopf und sprach von Verunglimpfung des Genossen

Staatsratsvorsitzenden und wir sollten ab sofort keine Plakate mehr aushängen.

Erst die Sache mit dem Kirchentreffen, ergänzte der Direktor, und jetzt das.

Ihr solltet mal darüber nachdenken, fuhr Dr. Hertel fort, ob das dem Verhalten einer sozialistischen Schülerpersönlichkeit entspricht.

Ob unser nächster Auftritt, der ja wohl zum Schulfest geplant sei, stattfinden könne, ergänzte der Direktor, müsse erst noch gründlich geprüft werden.

Das Schulfest rückte näher. Unsere Familien würden kommen. Das Festprogramm verkündete eine Menge Attraktionen: Eine komische Turnerriege. Russische Volkstänze. Riesige Kuchenbleche. Ein Fußballspiel Lehrer gegen Zwölfer. Das Schauputzen einer echten Kalaschnikow durch die für die vormilitärische Ausbildung verantwortliche Lehrkraft. Ein Auftritt der Band BIRDLAND war nicht verzeichnet.

Aber wir könnten noch daran arbeiten, hatte uns Dr. Hertel versichert. Unter seiner fachkundigen Beratung hatten wir das Programm noch einmal umgebaut. Es hieß jetzt WIE DAS LICHT und war streng an der sechzig-vierzig Regel ausgerichtet. – Na, sagen wir siebzig-dreißig, Jugendfreunde, sicher ist sicher. – Der siebte Titel war ein Titel der KLAUS RENFT COMBO. Der Name Combo und dass die Band auf einer Amiga-Schallplatte zu hören war, schien Dr. Hertel Garantie genug, dass er weder unsere sozialistischen Errungenschaften noch den Weltfrieden gefährden konnte. Er sollte sich irren. Das wusste keiner von uns. Nur einer hatte es gewusst, und dieser eine war der Schrubber.

Nach unserer Begegnung beim Kauf zweier einzelner Zigaretten der Marke Juwel war er ab und zu unter unserer Discokugel aufgetaucht. Er hörte zu und versprach uns, einen Schlagzeuger aufzureißen. Die Zeit zum Schulfest rückte näher, doch Schrubbers Drummer blieb aus. Da sprang zu unserer Überraschung Bartonetzky in die Bresche. Eine Tages tauchte er mit einem Sowjetoffizier und einem Soldaten auf. Wir probten jetzt jeden Abend. Und jeden Abend pünktlich halb sieben brachte uns der Offizier seinen Soldaten. Der Soldat hieß Jewgeni und durfte für uns trommeln und der Offizier schmauchte regungslos seine Papirossi. Dr. Hertel war begeistert. Nun, unter dem Schutz der ruhmreichen Sowjetarmee, konnte nichts mehr passieren. Nur Gunni orakelte, sein Opa habe geraten, wir sollten gut auf Gina aufpassen, wegen der Russen. Jewgeni grinste zwar beständig zu Gina hinüber, aber sonst war er harmlos.

Eines Abends, wir probten gerade den Titel von Renft, tauchte Schrubber wieder auf.

Leute, sagte er, lasst das mal, das Ding ist verboten.

Verdammter Mist, was sollte denn das jetzt. Erstens begriffen wir nicht, warum das verboten sein könnte, zweitens standen wir kurz vor den Schulfest. Wie sollten wir so schnell Hertels persönliche Sicherheitsregel von siebzig-dreißig mit einem neuen Titel auffüllen?

Es war ein sonniger, aber windig kühler Tag im Juni. Wir hatten eingedenk der verkappten Rausschmissdrohung des Direktors beschlossen, die Renft-Nummer durch ein Gedicht zu ersetzen, es war ein ziemlich altes Ding und bestimmt so sicher wie die ruhmreiche Sowjetarmee.

Unser Auftritt kam gut an. Dann kam unser Lied von den Flüssen, und danach sollte die olle Kamelle von Hölderlin kommen. Gina war Spitze und Huberts Saxophon röhrte gegen den Wind. Und dann passierte es. Jewgeni begann mit den Becken den Renft-Titel einzuläuten. Jewgeni, natürlich, der kannte unsere Absprache nicht. Und Hubert, völlig drin in dem Abend für Abend eingeübten Ablauf, folgte ihm mit der Melodie. Und die anderen folgten den beiden, wie die Bäche nach dem Regen zum Fluss hinabströmen. Es war nicht mehr aufzuhalten. Sie taten das, wovon sie eben gesungen hatten, sie folgten den Flüssen.

Dann war plötzlich der Strom weg, man hörte Ginas Stimme kaum noch. Ich rannte zum Sicherungskasten. Da stand der Schrubber, er war ganz blass und hielt die herausgeschraubte Sicherung in der Hand.

Ich habe euch gewarnt, ich habe euch gewarnt!, jammerte er, Mensch Leute, ich habe doch nur Bewährung.

Inzwischen verlangte das Publikum unter Johlen und Pfeifen nach mehr Lautstärke. Bert kam fluchend angerannt. Ich sagte ihm, er solle unbedingt sofort mit dem Gedicht weitermachen, damit die andern nicht auf die Idee kämen, mit der Renftnummer noch mal von vorn anzufangen.

Wenige Augenblicke später, als der Schrubber und ich auf den Schreck eine rauchten, trug der Wind von der Bühne Berts blecherne Stimme in Fetzen zu uns heran:

… drum lasst die Lust das Große zu verderben,
Sprecht mir von eurem Glücke nicht,
Pflanzt keinen Zedernbaum in eure Scherben
Nehmt keinen Geist in Eure Söldnerspflicht …

Auch das noch, jammerte der Schrubber und begann, wieder an der Sicherung herumzuschrauben, seid ihr denn von allen guten Geistern verlassen?!

Mir schwante, was er damit meinte. Ich ließ ihn gewähren, unser Auftritt war sowieso vorbei.

—

Die Wasser der Unstrut flossen ruhig dahin, im Schulpark blühten die Linden und der Mönch am anderen Ufer lag ausgestreckt im Gras. Aus einem Holunderbusch drang das Schnaufen eines Satyrs und eine Nymphe kicherte leise.

Man muss, dachte der Mönch, um an seiner Zeit nicht zu verzweifeln, sie hin und wieder aus der Ferne betrachten. Vor allem dann, wenn alle verbreiten, dass die ihre nichts anders sei als das NonPlusUltra, die Quinta Essentia der Geschichte, der Stein der Weisen. Der aber wäre: ohne Hoffnung und ohne Verzweiflung sein, dem Fluss der Dinge vertrauen, Fisch sein …

14. Kapitel

Es heißt oft, die Sache hatte ein Nachspiel. Und erst als ich mich an jene Versammlung erinnerte, begriff ich, wie sehr das Wort zutrifft, wenn man zwischen Nach und Spiel die Silbe Schau einfügt: ein Schau-Spiel danach also.

Die Partei mit der führenden Rolle hatte zwei ihrer Sekretäre geschickt. – Es gibt diese afrikanische Vogelart mit dem gleichen Namen, denen von der Natur die Aufgabe zugedacht ist, Schlangen und anderes Ungeziefer zu vertilgen. – Der eine Sekretär war Dr. Hertel, der andere von weiter oben, vom Kreis, wie es hieß, und für Agitation und Propaganda zuständig. Der Sekretär der Freien Deutschen Jugend erschien etwas verspätet, es war Bärbel.

Als erstes wurden wir vom oberen Sekretär agitiert, uns unbedingt mit der Rede des allerobersten Sekretärs auf dem soundsovielten Plenum der Partei mit der führenden Rolle zu befassen. Dies, so schloss er, sei der allseitigen Entwicklung sozialistischer Persönlichkeiten zuträglicher, als fragwürdige kulturelle Aktivitäten gewisser Jugendfreunde, über die man sich leider auch unterhalten müsse.

Bärbels blaubleiche Bluse war kurz vorm Zerreißen. Sie schien sehr aufgeregt, was uns angesichts der Rede des oberen Sekretärs verwunderte, aber, wie wir gleich zu hören bekommen sollten, ihrer eignen Rede geschuldet war.

Ob wir das bei ihr gelernt hätten, fragte Bärbel, ohne eine Antwort abzuwarten. Unser Staat täte doch wirklich alles für uns und so. Wir sollten doch nur mal an das historische Wohnungsbauprogramm denken und so. Wir würden das doch mit unserem leichtsinnigen Auftreten gefährden und dem Klassengegner in die Hand arbeiten und so. Aber sie wisse, dass wir im Grunde fest auf dem Boden unserer sozialistischen Gesellschaftsordnung ständen und so. Schließlich hätten wir doch das Abzeichen für Gutes Wissen in Gold erfolgreich errungen, zumindest – sie zögerte einen Moment und warf einen kurzen Blick zu Gunni – zumindest die meisten von euch. Jeder mache mal einen Fehler und so. Wichtig sei, daraus zu lernen und nun mit verstärkten Anstrengungen zu Ehren des Fünfundzwanzigsten Parteitages der Kommunistischen Partei der Sowjetunion und in Auswertung der Rede des Staatsratsvorsitzenden und Ersten Sekretärs der Sozialistischen Einheits …

Jugendfreunde, unterbrach Dr. Hertel, die Bärbel hat recht. So geht das doch nicht. Habt ihr denn kein Vertrauen in die Partei?

Auch Dr. Hertels Frage war nur rhetorisch, denn ohne Luft zu holen fuhr er fort: Ihr hättet doch zu mir kommen können? Warum habt ihr denn nicht Brecht genommen? Ja, Bertolt Brecht, nicht diesen Hölderlin, das ist doch viel zeitgemäßer, Brechts Lob der Partei zum Beispiel. Bert, gerade du …

Brecht zum Beispiel, ich zum Beispiel, Onkel Hans zum Beispiel … Es sah so aus, dass es genügen würde, ein wenig Asche auf unser Haupt zu streuen. Ein wenig reuige Selbstkritik, dazu ein paar gute Vorsätze. Außerdem wollte Hertel offenbar den von ihm und der Sowjetarmee irrtümlich abgesegnete Renft-Band übergehen. War das jetzt eine Chance?

Für den Genossen vom Kreis war das eine Gelegenheit über den internationalen Klassenkampf in den Zeiten der friedlichen Koexistenz zu referieren, der sich gerade auf kulturellem Gebiet verschärfe und erhöhte Wachsamkeit erfordere. Er erwarte, sagte der obere Sekretär, ein klares Bekenntnis.

Bärbel atmete tief und ihre Brüste wogten heftig. Dann geschah es. Mitten in die Stille nach den reinigenden Worten der Sekretäre fiel keine Stecknadel, sondern sprang ein kleines perlmuttfarbenes Knöpfchen klickernd übers Sprelacart einer Schulbank.

Alle Blicke richteten sich auf das ausrollende Knöpfchen, verfolgten dessen Weg zurück zu seinem Ursprung und hefteten sich an Bärbels Bluse, die schon von ihren Händen über der Knopfleiste gerafft war, als fürchte sie ein Kettenreaktion entspringender Knöpfe.

Bärbels Gesichtsfarbe entsprach mit einer feurigen Röte ihrer Überzeugung, hatte aber andere Ursachen und zur Folge, dass ein entspanntes Raunen vermischt mit Kichern den Raum erfüllte. Nun hätte alles gut enden können.

Aber Hubert musste es ja wieder darauf anlegen. Er wolle doch gerne erläutert haben, sagte er und hob sich aus der Bank, was an Hölderlins Gedicht genau es sei, dass den Frieden und den Sozialismus gefährde?

Die Einzige, die erleichtert seufzte, war Bärbel. Sie fing ihr Knöpfchen ein und verließ, der allgemeinen Aufmerksamkeit entronnen, das Klassenzimmer. Dr. Hertel schien von Erschrecken überwältigt nur mit Mühe ein Aufstöhnen zu unterdrücken. Und der führende Genosse Sekretär lächelte eine Weile sinnend, bis er die Tragweite von Huberts Ansinnen durchmessen zu haben schien. Dann verhärteten sich augenblicklich seine Züge.

Ob sich einige Jugendfreunde nicht bewusst seien, dass nur durch das beherzte Eingreifen eines Bürgers – er meinte wohl damit Schrubber – verhindert worden war, das ihre Musikgruppe mit dem merkwürdigen Namen BIRDLAND – ja es sei schon merkwürdig, dass man einen anglo-amerikanischen Namen gewählt habe – hier ließ der Sekretär eine kunstvolle Pause, in der wir an anglo-amerikanische Bomber denken konnten – dass diese Musikgruppe einen, aus guten Gründen verbotenen Musiktitel, der sich gegen die sozialistische Ordnung richte, dass man einen solchen Musiktitel kommentar- und kritiklos öffentlich dargeboten hätte.

Bei der Erwähnung des verbotenen Titels war Dr. Hertel in einen gewissen Schrumpfungsprozess eingetreten, der anfangs noch von einem etwas schuldbewussten Lächeln kaschiert wurde, dann aber in einem Blick allgemeinen Vorwurfs erstarrte.

Was diesen, äh, Hölderlin betreffe, nun ja, ... – Der führende Genosse sah etwas ratlos zu Dr. Hertel. Der beugte sich hinüber und flüsterte ihm etwas zu. – Nun ja, die Rezeption des bürgerlichen kulturellen Erbes sei eine zu komplizierte und komplexe Angelegenheit, um hier und heute ...

Hubert schlug ein Reclam-Bändchen auf und sagte: Ich möchte bloß Ihre Meinung zu diesem Gedicht hören, mehr nicht. Es heißt: Der Jüngling an die klugen Ratgeber

Musste er auch noch den Titel vorlesen. Ich bestaunte Huberts Naivität und ich bewunderte seinen

Mut. Gleichzeitig sah ich an den Gesichtern der Sekretäre, sie empfanden solcherart Naivität als Provokation und diesen Mut als Frechheit.

…Lasst immerhin den Sternen ihre Bahn!

Und mir, mir ratet nicht, mich zu bequemen …

Mit jedem Wort stieg die Spannung ihm Raum. Was würde passieren? Ich habe genügend Filme gesehen und Bücher gelesen, die ähnliche Situationen schildern. Einer nach dem anderen würden wir uns aus der Bank erheben und in das Gedicht einstimmen:

…und macht mich nicht den Knechten untertan!

Doch dies hier war kein Film, sondern die Wirklichkeit. Also blieben wir sitzen und duckten uns in das den Versen Hölderlins folgende Schweigen hinein.

Der führende Genosse räusperte sich, dann klatschte er ein paar mal in die Hände: Sehr gut, junger Mann, sehr gut!

Nicht nur Dr. Hertel guckte irritiert.

Wann – entschuldigt, dass die Partei nicht alles wissen kann – wann ist dieses … dieses Gedicht noch mal entstanden? Neunzehntes Jahrhundert? Achtzehntes? Die revolutionäre Geste eines jungen Dichters gegen die Bourgeoisie oder gegen die Aristokratie oder gegen das Bündnis beider. Sehr gut, wirklich sehr gut. Aber warum ist dieser Mensch, dieser Hölderlin gescheitert? Er ist doch gescheitert?

Er wurde wahnsinnig, assistierte Dr. Hertel.

Sehr gut. Wahnsinnig. Warum? Weil er nicht den Weg zur Arbeiterklasse fand. Denn die Arbeiterklasse …

Aber ..., Hubert setzte an, das frisch entflammte Pathos des oberen Sekretärs zu unterbrechen, doch Gina, die neben ihm saß, legte mit sanftem Nachdruck ihre Hand auf seinen Arm.

So war es, die Vatersprache und Hölderlin, das war wie Chinesisch und Suaheli, keine Verständigung nicht mal im Streit. Oder hatte der führende Genosse sehr wohl verstanden und tat nun auf seine Art naiv?

Wir waren den Rest des Tages unten am Fluss und debattierten aufgeregt. Nur Hubert war schweigsam. Er hatte seinen Teil in der Versammlung gesagt. Nicht erst hinterher, Tage oder gar Jahre später, in der Stunde der Es-Immer-Schon-Gewusst-Habenden.

Wir sind, obwohl wir es einige bange Tage lang fürchteten, nicht von der Schule geflogen. Ob wir das Bürger Schrubbers beherztem Griff zur Sicherung, wie die Sekretäre meinten, zu verdanken hatten oder wie andere behaupteten, der Stellung von Huberts Vater, war eine Frage, die die ungarische Sonne hinwegschmolz.

Wir – Bert und Gina, Ulle, Gunni und ich – fuhren an den Balaton. Hubert kam nicht mit, er wollte unbedingt mit Marita an die Ostsee fahren. Wir haben ihn nicht wieder gesehen, nicht im September zu Schulbeginn, nicht später. Nie.

Dr. Hertel betrat am ersten Tag nach den Ferien die Klasse und verkündete mit einem Lächeln, das einen gewissen Triumph nicht verhehlen konnte: Hubert Fiedler hat der Deutschen Demokratischen Republik den Rücken gekehrt!

Ich begriff nicht, ...*den Rücken gekehrt?* Ich sah

vor mir meinen Vater, wie er mit einem kleinen Besen den Kunden nach vollzogenem Haarschnitt Nacken, Schultern und den Rücken kehrte.

Ulle zischte: Verräter.

Wie bitte, fragte Dr. Hertel. Weder Hertel, noch wir, wahrscheinlich nicht einmal Ulle selbst, wussten, ob Hertel oder Hubert damit gemeint war.

Es fragte auch keiner nach. Der einzige, der nachgefragt hätte, war nicht mehr da.

Dr. Hertel klatschte in die Hände: Na, da können wir ja endlich ordentlich weiter arbeiten.

—

Der Mönch wurde aus seinen Träumen geschreckt, als etwas Schweres mit einem Platschen ins Wasser fiel. Er wusste gleich, dass dies der Stein war. Sein Stein, worein er in jener Nacht, bevor er das Kloster verließ, die Worte kratzte: Wem, Herr, soll ich folgen, wenn nicht den Flüssen ...

Er war den Flüssen gefolgt, der Unstrut, der Saale und der Elbe bis nach Hamburg. Die Erzählungen vom Reich am Ganges hatten ihn gelockt, dorthin wollte er reisen. Bevor er aber das Schiff nach Indien besteigen konnte, geriet er in einer Spelunke mit einem in Streit, der seine Geschichte vom Friedensreich so heftig verlachte, dass der sonst so sanftmütige Mönch mit ihm zu streiten anfing. Ein Wort gab das andere, ein Schlag den anderen. Am Ende hatte der Mönch seinen Widersacher erschlagen. Noch in derselbigen Nacht taumelte der Mönch trunken an der Elbe entlang und wurde an diesem Ufer nie mehr gesehen.

Jetzt sah er dort diese jungen Menschen. Verstört. Sie redeten aufeinander ein, schrien sich an, gestikulierten, das Mädchen weinte. Dann saßen sie lange schweigend da, jeder

für sich und einer nach dem anderen ging.
  Da wusste der Mönch, es war wieder einmal vorüber. Nicht ohne Traurigkeit wandte er sich den Wiesen zu, über die der Wind einige Spinnfäden trug. Die Satyrn lagen bei den Brombeeren und stopften sich die Früchte gegenseitig in den Mund.

15. Kapitel

Als ich im Jahr 2000 nach dem Treffen mit Gina in Naumburg, dort wo die Unstrut in die Saale mündet, aufbrach, das letzte Stück flussaufwärts zu fahren, wusste ich, dass die Geschichte des Mönchs zu Ende erzählt war. Ein Roman über ein utopisches Mogulreich würde nie daraus werden. Auch die Birdlander hatten mir mehr oder weniger verblümt eine Absage erteilt. Und dann die Sache mit Ben, ich musste was tun.

Ich musste Hubert auftreiben, Hubert hatte doch immer gewusst, was richtig war. Als ich in Huberts Heimatort, dort wo die Unstrut entspringt, ankam, fand ich Fiedlers Haus verlassen. Ich bin dann zu Marita gegangen. Ich hatte die unbestimmte Ahnung, dass sie noch immer hier wohnte. Tatsächlich, ich hatte Glück, sogar der Rabe war noch da. Auch wenn das ornithologisch betrachtet unmöglich ist, er wirkte als habe er eine Menge grauer Federn bekommen. Marita hingegen schien kaum älter geworden, nur aus der Nähe sah man die Fältchen am Hals. Im Vorderhaus waren gerade zwei junge

Männer dabei, ihre Boutique leer zu räumen. Mit Verkaufen läuft hier nichts mehr, sagte Marita. Vielleicht fange ich wieder an, Klamotten zu ändern. Ja, die Jungs, sagte sie stolz, das sind meine Söhne.

Als ich nach Hubert fragte, stutzte sie. Du weißt nicht, was passiert ist?

Ich weiß nur, dass Hub damals in den Westen ist.

Nein, Hubert war nicht im Westen. Hubert wollte außerdem nie nur nach dem Westen, wie … wie, sie machte eine ausholende Geste, wie alle hier. Hubert wollte weiter.

Was ich erfuhr, schockierte mich. Hubert war tot. Nicht allein das traf mich, sondern, dass ich es so lange nicht gewusst hatte. Dass ich auch davon nichts gewusst hatte. Nicht gewusst, vielleicht hatte ich es nicht wissen wollen. Als ich die Geschichte erfuhr, begriff ich, dass ich hätte nur nachfragen müssen, damals, bei Hertel, bei Huberts Vater, bei Marita, um der Wahrheit näher zu kommen. Hatte ich nicht, nachdem die Birdlander damals auseinander gelaufen waren, daran gedacht, Onkel Hans zum Beispiel zu bitten, drüben nach Hubert zu suchen. Um ihn zu bitten, zurückzukommen? Um ihm die Meinung zu sagen? Ich weiß nicht. Hubert war weg, und ich habe es hingenommen wie vieles. Meine Tante heißt Hätte und mein Onkel Wenn. Wenn ich gewusst hätte, was geschehen war, hätte ich dann weniger hingenommen?

Im Juli 1974, als wir uns am Balaton einen Sonnenbrand holten und ich Bert Gina ausspannte, hatte Hubert ein Gespräch mit seinem Vater gehabt, indem er ihm offenbarte, was er mir, jetzt erst fiel es mir wieder ein, ja damals angedeutet hatte: Hubert sollte dem Ministerium für Staatssicherheit Informationen über seines Vaters Verbindung zu den französischen Kommunisten liefern.

Das kann nicht sein, so habe Hubert die Worte seines Vaters wiedergegeben, das kann nicht sein, das mich meine eigenen Genossen bespitzeln lassen! Das machen die nicht, das machen die nur bei ... bei feindlichen Elementen. Bin ich ein feindliches Element, Hubert? Oder, was hast du den Genossen über mich erzählt? Ist es, weil ich nicht will, dass du deine Zukunft wegwirfst und als Musiker durchs Land tingelst wie ein Zigeuner?

Hubert, berichtete Marita weiter, war damals ziemlich am Boden. Die Sache mit eurer Band, die Unsicherheit wegen seines Musikstudiums, vor allem aber glaube ich, bedrückte ihn, dass sein Vater offenbar geneigt war, eher seinen Genossen zu glauben als seinem eigenen Sohn. Zu allem Überfluss hatten die Hubert angeboten, ihm wegen des Studienplatzes zu helfen. Das wäre für ihn das Letzte gewesen, was er wollte. Er war völlig durcheinander. Erst wollte er, dass wir heiraten. Schließlich bekäme ich ein Kind von ihm. Dann würde er sogar Lehrer werden. Vielleicht hätte ich „Ja" sagen sollen, aber ... Dann wollte er, dass ich mitkomme. Über die Grenze.

Ich habe mich nur an den Kopf gefasst. Hubert, überlege mal, mit einem Kleinkind über die Grenz und schwanger noch dazu. Das stimmte natürlich. Aber er hat wohl gespürt, dass es auch eine Ausrede war. Ja, es war eine Ausrede. Ich mochte Hubert, sehr sogar. Aber Liebe? Ich weiß nicht. –

Marita schwieg. Der Rabe schwieg. Ich starrte die

Wand an. Da hingen jetzt andere Bilder. Blaue
Orakel? fragte ich. Marita stutzte. Gute Idee.

Was war die Deutung dieses Orakels? Einen
Moment lang überkam mich die Versuchung, Marita
die Schuld an Huberts Verschwinden zu geben.

Wir haben damals alle geglaubt, dass es Hubert
geschafft hat. Als sie begannen die Grenzanlagen
abzubauen, haben sie ihn gefunden. Oben an der
Elbe. Hubert, besser das, was von ihm übrig war,
hing im Stacheldraht, der durch den Fluss gespannt
war. Er wollte unter der Grenze durch tauchen.

Marita brannte sich eine Zigarette an. Ich roch
den frisch entzündeten Tabak, den blauen Duft und
ließ mir auch eine geben. Zehn, zwanzig Meter war
Hubert damals in der Unstrut getaucht. Wie breit
war die Elbe hinter Magdeburg und wie lang erst
eine sichere Diagonale durch den Fluss? Manchmal
ist die Hoffnung, dass etwas gelingt, nicht viel größer
als der Wunsch … - Frei sein, so oder so?

Keiner weiß, was da unten wirklich geschehen ist,
sagte Marita. 1990 hat das Ministerium seinen Eltern
die Urne geschickt. Sie schrieben, aus den Akten
ergebe sich, dass zur fraglichen Zeit tatsächlich ein
Grenzdurchbruch erfolgt ist. − Ja, Grenzdurchbruch, die schrieben immer noch von Grenzdurchbruch und Schusswaffengebrauch. Die haben also
auf ihn geschossen. Ich hoffe nur, dass sie gut
getroffen haben, und ein Toter in ihrem Draht
hängen blieb. Denn, wenn ich mir vorstelle, dass
Hubert dort lebend festhing … drei, vier, fünf
Minuten, wie lange hält man das aus? − Diese Vorstellung oder vielleicht auch nur die Tatsachen waren
für den alten Fiedler zu viel, er ist regelrecht durch-

gedreht und seither im Heim. Die Mutter ist bald darauf hier weggezogen, ich weiß nicht wohin.

Die jungen Männer kamen ins Zimmer. Tatsächlich, der jüngere hatte Huberts dichte dunkle Brauen. Ich erinnerte mich an den Tag als Hubert im Torbogen der Schule auftauchte. Eine Gestalt, in der Hand einen Koffer, ein Schatten vor der tief stehenden Sonne, von dem man nicht wusste, ob er kam oder ging.

Als Hubert damals ging, habe ich nicht mehr nach ihm gefragt. Jetzt ist mein Sohn dabei zu gehen. Wo ging er hin? Und wo bin ich all die Jahre gewesen, dass ich nichts von ihm wusste?

Auf dem Rückweg besuchte ich meine Mutter. Im Friseurladen hatte jetzt ein Händler Zigaretten eingelagert und Mutter saß in Katalogen blätternd am Küchentisch.

Was für eine Ikone Junge, was denn für eine Ikone?, keuchte die Mutter, als sie mit mir auf den Dachboden stieg.

Vaters alten Koffer fand ich sofort, doch er war leer.

Ach, das Bild meinst du?, sagte Mutter und wandte sich zum Gehen, das Bild, das hat Ben neulich mitgenommen.

Ärgerlich warf ich den Koffer zu Boden. Dabei rutschte aus dem kaputten Innenfutter ein Foto. Es war ein altes vergilbtes Foto mit dem Gesicht einer jungen Frau. War das die undeutliche Figur hinter dem Gesicht auf der Ikone? Instinktiv hob ich es auf. Auf der Rückseite stand etwas in kyrillischer Schrift, verblasst und schwer zu entziffern. Die Mutter rief zum Kaffee und ich steckte das Bild in die Tasche.

Auf dem Weg nach Naumburg bin ich zu unserer alten Schule gefahren. Es waren Ferien, alles war leer und verlassen. Nur Paternick habe ich wieder getroffen. Unten am Fluss. Das Wasser der Unstrut ist viel sauberer jetzt. Aber Paternick schickt noch immer Pakete. Nicht mehr mit toten Fischen, sondern mit überfahrenen Fröschen. Und er hat nicht nur eine, sondern mehrere Parteien zu beschicken.

Ich sagte ihm, dass wir ihn damals Froschkönig nannten.

Paternick lachte. Es war damals so, es ist heute so. Die Prinzessin sagt: Igitt, was soll ich mit der moddrigen Kugel. – Sie schicken mir dicke Papiere mit ihren Programmen. Manchmal ist ein bunter Aufkleber dabei. Den schenke ich meinem Enkel. Der freut sich, dass sein Fahrrad immer bunter wird.

Herr Paternick, sagte ich, wir haben Sie früher immer bewundert wegen der Fischpakete.

Verdammt, Paternick bekam feuchte Augen, verdammt noch mal Junge, das hättet ihr unsereinem auch schon mal eher sagen können.

Aber heutzutage, sagte ich, ich weiß nicht …

Aber ich, ich weiß, sagte Paternick, für die meisten bin ich nur ein Spinner.

Manche von denen, sagte ich und dachte an Hubert, wurden erschossen.

Ja, sagte Paternick, oder Minister.

Vielleicht, sage ich, weil das die komfortablere Todesart ist.

Lass man, sagte Paternick, vielleicht liegt die Bedeutung eines Lebens nicht in dem, worin einer gescheitert ist, sondern in dem, was einer gewagt hat. – Paternick schwieg. Sein Blick verweilte einen Moment am anderen Ufer, als gäbe es dort etwas zu sehen. Dann war es, als schüttle er sich.

Plötzlich hatte ich eine Eingebung, ich zog das Foto aus der Tasche und reichte es Paternick.

Schöne Frau, sagte er.

Da, sagte ich, da steht was auf der Rückseite. Sie kommen doch – von da unten. Können Sie das lesen?

Paternick betrachtete die kyrillischen Buchstaben. Na, Junge, ihr habt doch Russisch gelernt, nicht ich. – Moment mal, das ist ja tatsächlich serbo-kroatisch:

Es kommt darauf an, nicht verlassen zu sein.
Ich wünschte, du könntest bleiben.
Doch darfst du nicht bleiben,
um nicht verlassen zu sein.

Dann steht da noch: Du bist der Engel über meinem Gesicht. Auf Immer. Ljuba.

Noch so was Frommes, brummte Paternick und gab mir das Foto zurück. – Ich habe nämlich, sagte er, bei der Flussfege im Frühjahr unten am Wehr was gefunden. Er zog mich in den Bootsschuppen und deutete auf das unterste Fach eines Regals. Dort zwischen eingetrockneten Farbbüchsen und rostigem Werkzeug lag der Stein mit seiner alten Inschrift:

Wem, Herr, soll ich folgen, wenn nicht den Flüssen ...

–

Der Mönch mischte die Karten und teilte aus. Ein Satyr nahm mit geckerndem Lachen sein Blatt. Der Mönch winkte einem jungen Mann zu kommen. Der lächelte, verpackte sorgfältig ein Saxophon ins Futteral und setzte sich zu den beiden Spielern. Ab und zu wandte er sich um und seine Augen suchten unter dicken dunklen Brauen hervor das andere Ufer. Sein Blick war nicht ohne Neugier.

Ein Höhlenmensch

Die Menschen gleichen in Höhlen geketteten Wesen,
die von der wirklichen Welt nichts wissen.
Platon

Karst blickte, seine Feuerbohnen löffelnd, dorthin, wo das Fenster von einem brüchigen Faltrollo verdunkelt war. Er sah ein Südseeparadies, mit dem das Rollo in der Art Gaugins bemalt war. Die Sonne drang durch Löcher und Risse im Papier, es bewegte sich leicht im Zugwind des nicht mehr fest verschließbaren Fensters. So schien es Karst mitunter, als lebten die Gestalten, ja, als blicke er aus seinem Fenster tatsächlich auf einen Fluss, der ins Meer mündet, als sähe er eine spärlich bekleidete Frau unter Palmen, ein spielendes Kind neben einem Büffel und einen Mann in einem Boot. Unterm Bootskiel aber Plattenbauten und ein fahnenumstandener Einkaufsmarkt. Wie eine versunkene Stadt, hatte Karst gedacht, als er der Stromabschaltung wegen, das Rollo zwei Handbreit emporzog und das erste Mal von seinem Essplatz aus sein Vexierspiel trieb. Die Palmblätter winkten, das Kind lachte und es hoben sich die Brüste der Frau. Das war die Wirklichkeit, alles andere ein böser Traum aus Beton, eine Sage vom Untergang durch Hoffart und Gier.

Schon sackte zwischen den Plattenbauten ein Zehngeschosser in sich zusammen. Abriss. Die Bulldozer standen bereit. Aber er wird bleiben, diese Wohnung nicht verlassen, niemals. Sollen die woanders ihr Superkino hinbauen. Seit vierzig Tagen wartete Karst, dass man ihn mit Polizeigewalt vor die Tür setzte. Seit vierzig Tagen stand sein Bücherregal vor der Wohnungstür. Seit vierzig Tagen bei Wasser, Brot und Feuerbohnen. Seit vierzig Tagen hämmerte Karst in die Tasten der Schreibmaschine wie ein Specht an seiner Höhle. Was, durchfuhr es Karst, wenn man ihn vergessen hatte? Wenn der Räumungsbefehl im bürokratischen Sumpf versunken war? Wenn die Sprengkommandos, nichts ahnend von seiner Existenz, einfach ihre Arbeit taten?
Karsts durch einseitige Feuerbohnenkost noch schärfer hervortretender Kehlkopf zuckte erregt und seine Zunge spielte nervös an einem gelockerten Zahn. Er stürzte ans Fenster, spähte spitznasig durch den Sehschlitz nach draußen, dann zog er entschlossen das Faltrollo hoch.
Ein neues Bild in kreisendes Blaulicht getaucht und brütende Sonne: Eine Frau, so dunkel wie auf Karsts Rollobild, wurde von einem Polizisten höflich in ein Polizistenauto gebeten. Ein Kind, so dunkel wie die Frau, rannte unhöflich davon. Die Frau versuchte vergeblich, sich der Einladung des Polizisten zu entziehen. Ein zweiter Polizist eilte, sich die Mütze festhaltend, dem Kind hinterher. Das Kind lief auf Karsts Block zu. Vielleicht hielt sich dort der Vater des Kindes versteckt. Das Kind sah herauf. Karst erschrak.
Das Rollo sauste herab. Schluss damit. Mit dieser

Welt wollte er nichts mehr zu tun haben. Verächtlich spie Karst einen ausgefallenen Zahn auf den Spannteppich. Er ging zu seinen Feuerbohnen zurück. Vielleicht, so dachte er, sollte er als nächstes einen Aufsatz über die halluzinogene Wirkung von Feuerbohnen verfassen. Dachte er und stutzte: das Rollo klapperte wie immer leise am Fenster, aber es war leer. Die Südsee war verschwunden, letzte Farbreste taumelten durchs staubige Sonnenlicht. Die Polizisten hatten die Frau mitgenommen und das Kind war weggelaufen. Wo war der Mann und wo der Büffel?
Nun also, dachte Karst, ist auch Lisas laienhafte Südseeimitation verschwunden. Stimmte sowieso nicht, in der Südsee gibt's keine Büffel. Aber Ben hatte auf einem Büffel bestanden.
Karst setzte sich an seine Schreibmaschine, fluchte über das ewig hängende *e* und füllte, mangels Papier, nach den Rückseiten nun die Zwischenräume bereits beschriebener Blätter mit Sätzen. Manchmal, so schien es, flatterten seine großen Ohren erregt.

Karst war ein Höhlenmensch. Kommunismus oder Barbarei, keine Frage mehr. Ein Firnis aus Monitorwänden und blitzendem Stahl, aus gehauchten Textilien und gaumenschmeichelnden Genüssen, aus Silizium und Silikon, eben das Lächeln. Darunter noch immer Beton. Die Steinzeit. Die Höhle. Sechsundfünfzig Quadratmeter Plattenbau, Typ P2. P2, was hieß das überhaupt? Vielleicht „Personen Zwei", dachte Karst und grinste mager, also eine Wohnung für zwei Personen. Da war die Höhle inzwischen unterbelegt. Früher einmal hatten drei Personen hier gelebt. Karst, Lisa und Ben. Ben, das Kind, das ihm

Lisa geboren hatte, war eine Überbelegung gewesen, die keiner so nannte.

Später hatte der Lächler das Problem gelöst. Der Lächler war gekommen, um überhaupt alle Probleme zu lösen. Auf seinem A4-Blatt hatte er Zahlen hin und her addiert, multipliziert, dividiert; Prozentrechnung war auch dabei. Und wie flink konnte der rechnen. Selbst Karst, der eine Zeit lang vertretungsweise Mathematik unterrichtet hatte, konnte kaum folgen. Er sah, die Zahlen stimmten, war ja auch keine Kunst mit Taschenrechner, aber den Sinn des blauen Zahlenwerks auf weißem Grund begriff er nicht. Nur Lisa war fasziniert. Für sie lag dieser Sinn in der Frage des Lächlers: Oder wollen Sie ewig in dieser Steinzeithöhle leben? - Was jetzt? Kredit oder Bausparvertrag? Nichts ist unmöglich!

Bald war die Wohnung, Typ P2, also unterbelegt. Lisa folgte dem Lächler, sie nahm Ben mit und ließ sich fortan vom Lächler vögeln. Vielleicht liegen sie gerade, Karst presste die Fäuste an die pochenden Schläfen, irgendwo unter Palmen.

Karst löffelte, zum Fenster blickend, seine Feuerbohnen. Unter einer Polizistenmütze lächelte der Lächler. Irgendwo weinte ein Kind. Lisa winkte und auf betongrauem Wasser schaukelte ein gekentertes Boot. Es war heiß. Schwül drang Hitze aus der Betonwüste herein. Immer wieder löffelte der Verdammte an seinen Bohnen; ein nicht endender Kreislauf von Ewigkeit zu Ewigkeit ... Die Zeit war geschrumpft, die Welt war geschrumpft, das Leben war geschrumpft auf P2-Format. Zehn Jahre und vierzig Tage verpufft wie ein Furz verdauter Feuerbohnen. Nichts hat sich da draußen geändert seit-

dem. Nur immer buntere Tüten hingen in den Bäumen und immer größere Hunde schissen die Gehwege voll. Da blieb man besser drin. Vierzig Tage ohne Zeitung, ohne Radio, ohne Fernsehen. Wozu auch, er konnte die Menschen nicht hindern, einander den Schädel einzuschlagen. Barbarei oder Zivilisation, wieder so eine Frage. Krieg und Hundescheiße, da draußen konnte niemand sauber bleiben.
Manchmal genügte ein kleines Ereignis, die Welt zu begreifen. Karst, noch vor seiner Emigration in die Höhle, doch schon mit wachsender Abscheu gegen die unverbesserliche Welt, war, von der lästigen Prozedur des Einkaufens kommend, mit einem jungen Mann zusammengestoßen. Der erkannte in Karst seinen ehemaligen Lehrer und gab ihm dessen Lieblingssatz zurück: Ein schlechtes Zeugnis rächt sich immer. Und der junge Mann fuhr fort, diesen Satz mit mehreren Faustschlägen zu interpretieren und Kommentare wie Du rote Sau! anzufügen.
An diesem Tag mit frisch genähter Lippe trieb ihm jedes Geräusch im Treppenhaus kalten Schweiß auf die Stirn. Schließlich schob Karst das Bücherregal im Flur vor die Wohnungstür. Wunden lecken half nicht, mit Bier kühlen war besser. Rücken an Rücken mit seinen Büchern. Alles schwarz auf weiß gedruckt, über die Jahre beruhigt nach Hause getragen. Prost, Plato! Eines Tages konstruieren wir den idealen Staat. Prost, Morus! Auf zur Insel Utopia. Prost, Marx! Und all ihr anderen fleißigen Manifesteverfasser. Reihenweise Manifeste: kommunistische, anarchistische, feministische, ökologi-

sche, libertäre – wo steckt eigentlich das libidinöse?
– die Welt der Zukunft, Utopia nirgendwo und alle Menschen glücklich, glücklich, glück …
Im Spiegel des Flurs ein geschlagener Weltenerretter. Karst prostete ihm zu. Na, wo tut es denn diesmal weh? Wieder Rückenprobleme?
Wie damals: Rückenprobleme und ausgemustert. Studiert. Lehrer geworden. Doch wieder Rückenprobleme, zu steif gewesen, zu hartnäckig. – So hinten im Nacken, Herr Doktor! Ja, genau da! – Russische Soldaten am Hindukusch, na und! Da mäkelt man nicht rum am Freund. Da ist man nicht undankbar dem eignen Befreier! Der muss auch andere befreien, auch am Hindukusch – kusch, kusch und ausgeschult.
Dann endlich! Prost! Revolution gemacht! Wie Opa, denkt Karst, dem seine war braun. Wie Papa, denkt Karst, dem seine war rot. Karst seine, denkt Karst, war schwarz rot … grün … zu Gold. Gesponnen eben. Zu früh ums Feuer gehüpft. Dummer Rumpelstil, dummes Rumpelspiel. Zu früh gefreut, auf Kuchen, Bier und Kinder. Die Königin war plötzlich weggelächelt. Na, immerhin wieder Lehrer gewesen, immerhin zehn Jahre. Dann – Rückenprobleme. – Na, wo drückt's uns denn diesmal? Am Balkan? Nein, tiefer. Zwischen Euphrat und Tigris? Tiefer. Was? Schon wieder am Hindu …? Wieder gemäkelt, am neuen, am amerikanischen Freund nun? Wieder undankbar einem Befreier? Also kusch! Kusch kusch und ausgeschult.
Leck mich am Hindu …, dachte Karst.
Und nun?, fragte der Spiegelheld gegenüber.
Siehste doch! Auf Schnauze gehauen. Wirst gehen

nicht mehr auf Straße. Wirst Höhlenmensch. Den Eingang mit Büchern verstellt. Und schreiben, dachte Karst, das unentbehrliche Manifest, das libidinöse Manifest.
Die Welt der Ideen schützt besser vor der Wirklichkeit als jeder Beton.

Karst starrte, mit dem Löffel versonnen in seinen Feuerbohnen rührend, auf die Reste des Faltrollobildes. Ein kleiner Farbfleck schwoll zu einer weiblichen Brust. Eine Frau bewegte sich vom Fenster her auf ihn zu. Ein Kuss senkte sich in seine linke Ohrmuschel. Lass es sein, flüsterte eine zärtliche Stimme. Karst spürte und sagte: Verdammt, das ist ja eine Erektion! Die Frau erschrak und verschwand.
Karsts schweißbeperlte Nasenflügel sogen tief die Luft ein und er verharrte wie ein indischer Asket in dieser Stellung, bis sein Glied resigniert zusammensank. Erleichtert zischte der Atem durch Karsts dünne Lippen. Nein, mit so was ließ er sich nicht kaufen. Wie verräterisch, protokollierte Karst handschriftlich auf den Rand seines Manifests, wie verräterisch doch so ein Körper ist.
Karst von einer plötzlichen Befürchtung getrieben stürzte in die Küche und riss den Küchenschrank auf. Tatsächlich, der vor vierzig Tagen angelegte Vorrat an Feuerbohnen, ein Sonderangebot seines Discounters, war beinahe aufgebraucht. Nur noch eine einzige Dose glänzte matt in ihrem Blech.
Karst taumelte zurück in die Stube. Ein Gefühl von Schicksalhaftigkeit übermannte ihn. Ihm also war es aufgetragen, das System, das System der Lächler, an seiner empfindlichsten Stelle zu treffen: radikaler

Konsumverzicht. Alle Räder stehen still, wenn dein starker Bauch es will! Und: keine Erektionen mehr! Er musste sein Manifest zu Ende bringen, darlegen, beweisen, wie man sich befreite von jeglichem Verlangen und damit von der Pervertierung des Libidos durch das System der Lächler.

Von draußen her drangen die Geräusche von Baufahrzeugen, ein leichter Staubgeruch zog mit dem heißen Wind durch das Fenster. Drinnen im Haus war alles still, so still. Karst vermisste plötzlich, was er nie vermisst hatte: das Technogehämmer von unten, das Ehegezänk von rechts, von oben das ewige Kindergeplärre. Und auch die irritierenden Beischlafgeräusche aus der Wohnung zur Linken. Sie waren alle weg, ausgezogen. Zwischen Schreibmaschinengeklapper und seinen Flüchen über das ewig hängende e hatte er den Auszug der Nachbarn über-hört, nein, nicht überhört, ignoriert. Ignoriert hatte er diese Verräter, die ihre überquellenden Einkauftüten jetzt in irgendeine sonnige Ersatzwohnung in ruhiger Lage schleppten.

Er, Karst, war der letzte Mieter. Der letzte Mohikaner, die letzte ehrliche Rothaut inmitten geldgieriger Bleichgesichter. Oh, süßes Martyrium. Doch da flüsterte der Versucher: Hiss die weiße Flagge, kapituliere, Karst! Wie das Hirn eines Sterbenden den Film seines vergangenen Lebens im Zeitraffer ablaufen lässt, sieht Karst eine Zukunft: rasante Autofahrten durch weite offene Landschaften, im Nacken die Hand einer jungen hochbrüstigen Frau, kulinarische Genüsse auf nächtlichen Terrassen, Sonnenauf- und -untergänge, alle Reiche dieser Welt, Berge, Meere, stille Buchten, und dann die eigene Hand unterm

Rock einer ... Verdammt, da war sie wieder, die Erektion!

Karsts Alarmglocken schrillten! Er war sich sicher, was er eben gesehen hatte, war nicht das Lächeln des Lebens gewesen, sondern das Feixen des Systems.

Nein, er, Karst, würde kämpfen. Er war das letzte Gewissen des kleinen Restes links von der Mitte, unkorrumpierbar, die revolutionäre Nachhut, die vorn war. Sollten sie doch kommen, mit ihren Bulldozern und mit ihren Abrissbirnen, sollten sie ihn mit den Trümmern auf ihre Tieflader laden, sollten sie ihn in ihre Steinmühlen kippen, sollten sie ihn unter ihre neuen Straßen walzen, sollten sie ... Er, Karst, würde widerstehen. Er würde noch unterm Asphalt die Knochenfaust ballen, eine kleine Bewegung nur, eine kleine kaum sichtbare Unebenheit auf der Straße und ihre BMWs und ihre Volkswagen, all diese Lächler würden aus der Kurve getragen krach zisch wumm es lebe die Revolution! Fidel würde ihm ein Denkmal setzen, gleich neben dem von John Lennon, wie Goethe&Schiller in Weimar Lennon&Karst in Havanna: Imaging all the people ... Stellt euch vor Leute ... Und nun? Keine Leute mehr da.

Karst räumte den Bohnenteller vom Tisch und zog die Vorhänge vor das Rollo.

Karst saß schweißüberströmt am Tisch. Er spürte ein unbändiges Verlangen nach Feuerbohnen und notierte handschriftlich auf den Rand seines Manifestes: Machen Feuerbohnen süchtig?

Vierzig Feuerbohnentage, vierzig Tage dem Angebot des Systems widerstanden, ganz zu schweigen von

allen anderen Anfechtungen, denen ein Klausner unterliegt. Karst grübelte. Wozu das alles? Er wollte hier bleiben oder gänzlich ins Freie. Aber konnte das, das Freie, nach aller menschlichen Erfahrung etwas anderes sein als der Tod? Vielleicht klebte da an seiner Hirnschale noch ein Rest Hölderlin: Komm ins Offene, Freund! Vielleicht klimperten da in seinem Herzen wie auf einer verstimmten Rummelplatzorgel ein paar Töne der Marseillaise. Oder der Staub, der im trüben Licht auf seinem Bücherregal tänzelte, war in seine Lungen gedrungen, infiziert von süßen Sätzen über die Freiheit des Einzelnen als Bedingung für die Freiheit aller. Freiheit wäre vielleicht, anders zu denken! Aber wie? Er war doch so schön eingehöhlt gewesen, eingehöhlt von den mittelalterlichen Sphärenschalen eines Glaubens an die ideale Gesellschaft. Jenseits dessen lag die Freiheit oder nur das endlos nachhallende Dröhnen eines BigBang. Ja, da schlottert ein jeder Philosoph in der kosmischen Kälte. Da bleibt man doch besser zu Haus in der Höhle!
Karst dachte an Ben, seinen Sohn. Er dachte an das dunkle, weggelaufene Kind. Er dachte daran, dass er wohl irgendwann selber ein Kind gewesen sein musste. Und er fragte sich, ob das eine schöne Zeit gewesen war. Doch diese Zeit war ferner als die Südsee. Vielleicht, dachte er, war das eine Zeit jenseits aller Systeme, auch, und seine spröden Brauen zuckten besorgt bei dem Gedanken, eine Zeit jenseits aller Manifeste. Mehr als einen milden Schimmer am Horizont seiner Erinnerung nahm Karst nicht wahr. Und während er sich mühte, dem sich zu nähern, rollte etwas Dunkles durch seinen

mageren Brustkorb. Da warf er, als müsse er sich selber halten, heftig seine Arme um den Leib. Er schnaufte, etwas lief aus seinen Augen. Verdammte Hitze!, fluchte er und wischte das weg, sprang auf und wühlte in seinen Papieren. Schließlich hockte er da, die Finger kraftlos auf den Tasten seiner Schreibmaschine.
Draußen war Ruhe, Feierabend. Morgen würden sie kommen. Würden sie morgen kommen? Das Faltrollo hing jetzt still in einer gewittrigen Schwüle. Ein Frösteln durchschauerte seinen Körper. Als er einschlief rollte fern der erste Donner. Heftige Windstöße rüttelten am Fenster, Rollopapier und Vorhänge wankten.
Draußen prasselte Regen, als er erwachte. Der Lichtschein eines Blitzes erhellte das Zimmer. An seinem Tisch saß eine dunkle Gestalt.

Als am nächsten Morgen die Motoren der Bulldozer ansprangen, saß Karst am Tisch und ihm gegenüber ein Kind. Seine Haut war von einem dunklen Glanz. Und, obwohl von schlanker knabenhafter Gestalt, hatte seine Erscheinung etwas Rundes, als sei es gleichsam von diesem Glänzen umhüllt.
Karst sah dem Kind zu, das Feuerbohnen löffelte. Das Kind reagierte nicht auf seine Fragen. Mit großen glänzenden Augen sah es ihn an und schwieg. So groß waren diese Augen, dass Karst geneigt war zu glauben, dieses Kind hätte nichts als Augen. Nichts als Augen, dachte Karst, sähe ich nicht, Löffel um Löffel meiner Feuerbohnen in seinem Mund verschwinden.
Woher kommst du?, fragte Karst erneut, aus Afrika?

Jedenfalls siehst du aus, als kämest du aus Afrika! Nordafrika, hab ich recht? Na, jedenfalls kommst du nicht aus der Südsee. Keiner kommt aus der Südsee hierher. Afrika, Asien, Südamerika ja, aber Südsee? Niemals. Also, woher kommst du?
Das Kind stieß mit einem Finger der freien Hand gegen Karsts Hemd, da wo der Nabel war. Karst stutzte. Der Nabel, der Nabel der Welt? Der Nabel, die gekappte Verbindung dorthin, woher wir kommen? Die Kindheit, die Mutter, Afrika? – Welch philosophischer Kindermund! Aber vielleicht hatte das Kind auch nur den Feuerbohnenfleck auf Karsts Hemd gemeint. So als wolle es sagen: Bekleckerte haben hier keine Fragen zu stellen, Bekleckerte haben zu schweigen!
Das Kind schob den halb geleerten Teller von sich weg.
Karst schob den Teller zurück. Bei mir, zischte er, wird aufgegessen!
Das Kind schob den Teller zurück.
Karst schob ihn wieder zu dem Kind. Du bist doch aus Afrika, wo sie alle Hunger haben, also iss gefälligst auf!
Eine Weile ging das so hin und her. Immer schneller hin und her, hin zum Kind, her zu Karst, zum Kind zu Karst zu … die Bohnen schwappten, die Bohnen spritzten, der Teller schepperte … Karst sprang auf, wütend. Und ihm war, als hätte er sehr lange, länger als das Hin- und Herschieben des Tellers gedauert hatte, auf diese Wut gewartet. Diese Undankbarkeit!
Er packte das Kind beim Handgelenk, zog es vom Tisch und brüllte: Geh doch dahin, wo du herkommst!

Wortlos ging das Kind zum Fenster und zog die Vorhänge beiseite. Was soll das?, rief Karst, komm her, setz dich wieder hin. Komm her, du musst nicht aufessen! Bei meiner Mutter, sagte er, musste ich auch nie aufessen. Fast nie. Bis dieser Mann kam. Er hat nach Zigarre gestunken und jedes Mal mit seinen groben Pratzen meine Haare durcheinander gebracht, bevor er aus der Jackentasche eine kleine aufgeweichte Schokolade voller Tabakkrümel zog. Ich musste dafür einen Diener machen und danke sagen. Während dieser Zeit hat sie jeden Abend für ihn gekocht. Sie hat die ganze Zeit vor ihm schön getan. Und zu dem Schöntun gehörte, dass ich meinen Teller abessen sollte. Ich habe es meiner Mutter zuliebe getan, jeden Abend. Nur einmal gab es Möhreneintopf mit Petersilie.
Ich wusste, noch ein Löffel und ich kotze alles auf den Teller zurück. Als ich mich weigerte und den Teller umwarf, bekam sie einen kleinen Weinkrampf. Der Mann, entschlossen ihr beizuspringen, packte mich und schleppte mich zum Keller, den er inzwischen kannte, weil dort Bier zu finden war. Aber diesmal musste ich kein Bier holen. Er hat mich eingesperrt.
Das Kind, noch immer schweigend am Fenster stehend, griff nach der Schnur des Rollos und, so als probiere es dies das erste Mal aus, zog es das Papier nach oben, sah staunend zu wie es sich in Falten legte. Ja, sagte Karst, er hat mich eingesperrt. Und sie, sie hat das zugelassen.
Das Kind ließ seine Hand auf der trüben Fensterscheibe kreisen und die so beriebene Stelle wurde klarer.

Die Frauen, sagte Karst, sind alle Verräter. Da braucht nur irgend so ein Lächler zu kommen, schon tun sie schön und kennen dich nicht mehr. So ist das, erst Bier geholt, dann eingesperrt. Dazwischen krümelige Tabakschokolade gegessen, keinen Möhreneintopf. Undankbar gewesen, dem Befreier – wenn du artig bist, befreie ich dich – gebockt und drin geblieben.

Das Kind wandte sich um und sah Karst großäugig an.

Warte, sagte Karst und überlegte einen Moment. Dann kroch er entschlossen unter die Couch, zog einen Karton hervor, kramte darin und plötzlich hielt er eine kleine Tonfigur in der Hand, einen Büffel, einen Wasserbüffel mit großen breiten Hörnern.

Er hat schon ein angebrochenes Bein, sagte Karst, da siehst du, man kann den Draht sehen. Wir haben Knochen, der Büffel hat Draht. Da, nimm ihn. Es ist mein Büffel. Erst habe ich damit gespielt, dann hat mein Sohn damit gespielt, jetzt kannst du damit spielen!

Das Kind lächelte und setzte sich zu Karst an den Tisch. Die vom Zehngeschosser gegenüber nicht mehr behinderte Sonne fiel durch die schmutzigen Scheiben und ließ die Haare des Kindes, während es mit dem Büffel spielte, leuchten wie eine Korona. Der Büffel galoppierte über die Tischplatte und fraß von den kalten Feuerbohnen.

So ein Büffel ist stark, sagte Karst und tippte auf die Hörner des Büffels, er kann es mit jedem aufnehmen, sogar mit einem Tiger. Wenn du groß bist, sagte Karst, wirst du mit deinem Büffel aus der Stadt

hinausreiten. Es wird ein schöner Tag sein mit goldenem Licht in den Bäumen. Du wirst am Fluss entlang reiten. Und wo der Fluss zu Ende ist, da wird das Meer sein. Und wo das Meer zu Ende ist, dort wird ein neues Land sein mit neuen Flüssen, die zu neuen Meeren fließen, hinter denen wieder neue Länder liegen. Dort ist dein Zuhause!
Nein, dachte Karst, ich sollte dir nicht solche Dinge erzählen. Wenn du groß bist, wirst du in einer Höhle sitzen. Und du wirst dich fragen, wer dir solche Märchen erzählt hat, wer dir solche Versprechen gegeben hat und warum du das alles geglaubt hast. Und du wirst nur eine Antwort finden: Du wolltest es glauben, du wolltest alle diese Geschichten glauben. Du wirst begreifen, es gibt für die Winter keine Märchen mehr. Und du wirst begreifen, du gehörst dazu, zu diesen grauen Männern in den bunten Jogginghosen, die unentschlossen vor den Zeitschriftenauslagen der Markthallen stehen. Du wirst, während du in den ach so wichtigen Montagsmagazinen blätterst, dorthin schielen, wo dich wie Weihnachtsorangen die Titten anlachen. Sie lachen dich an und sie lachen dich aus, weil du noch immer an Weihnachten und an Märchen glaubst und sogar daran, dass es irgendwann noch einmal einen richtigen Winter gibt.
So dachte Karst, schwieg und unter seinen Schläfen pochte es heftig. Plötzlich nahm er den Teller mit den kalten Feuerbohnen und warf ihn an die Wand.
Das Kind erschrak erst, dann lachte es und suchte nach anderen Dingen, die man an die Wand werfen konnte. Vasen, Tassen, Teller und Besteck. Ein Kerzenleuchter fiel dumpf zu Boden. Ein Fernseh-

turm, aus Streichhölzern erbaut, brach mitten entzwei. Stühle stürzten und eine Vitrine samt einem porzellanen lächelnden Buddha ging klirrend zu Bruch. Schließlich krachte auch Karsts Schreibmaschine in die Ecke. Eine Windbö stieß das Fenster auf und die Vorhänge wehten wie Fahnen ins Zimmer.
Komm, sagte Karst, wir haben noch mehr. Er eilte in den Flur zum Bücherregal, das dort die Wohnungstür versperrte und warf ein Buch nach dem anderen ins Zimmer. Er riss hier eine Seite aus und dort. Karst riss und fetzte und lachte dabei. Fröhlich sprang das Kind durch das papierene Schneetreiben. Karst wütete am Bücherregal bis es stürzte. Er riss die Wohnungstür auf und brüllte unflätige Wort durch das leere Treppenhaus.
Erschöpft sank Karst auf den Boden. Es schüttelte ihn. Er wusste nicht, was das war. Es waren Tränen, sie fielen zwischen seine Füße und versanken im Teppichboden. Neben ihm stand das Kind, seine kleine dunkle Hand legte sich auf Karsts Kopf.
Karst schnäuzte sich und ging in dem verwüsteten Zimmer auf und ab. Unschlüssig nahm er einen Stift und begann herumliegende Papierfetzen zu beschreiben. Schließlich griff er nach einem Stapel eng beschriebener Blätter, seinem Manifest. Einen Moment zögerte er, dann sagte er entschlossen: Komm, jetzt bauen wir Flugzeuge! – Da sieh her, erst faltest du so, dann so und so … so fertig! Hui, da fliegt es schon! Komm, weiter geht's! – Ein Flugzeug für die Mutti, ein Flugzeug für den Pappi, ein Flugzeug für den lieben Onkel Karst und ein

ganz ganz großes für das fremde Kind, das meine Feuerbohnen aufgefuttert hat.
Sie falteten und sie ließen die Flugzeuge aus dem Fenster fliegen. Als bei einer heftigen Bewegung Karsts der Büffel vom Tisch fiel, hob ihn das Kind sorgsam auf.
Richtig, rief Karst, das eine Bein ist schon angebrochen. Wir müssen aufpassen. Sonst sitzen wir eine Tages auf einem Drahtgestell und damit lässt sich schlecht den Fluss entlang reiten.
Sie lachten und ließen Flugzeuge fliegen, bis sie, der eine im Sessel, der andere auf der Couch, lagen und schliefen.

Als Karst erwachte, war das Kind weg. Auf dem Tisch lag ein mit großen krakeligen Buchstaben beschriebener Zettel: Bin schon zu Hause! Daneben stand der Wasserbüffel. Im Flur verstreute Bücher. Das Regal umgeworfen. Die Tür stand offen.

.

Mandel

Sie nannte ihn Mandel seiner Augen wegen. Sie arbeiteten beide in einem dieser Bistros, wie man sie auf Bahnhöfen findet. Der Tag, an dem es passierte, hatte eigentlich gut begonnen. Mandel trug seine neuen Schuhe, solche mit extra dicken Sohlen.
Er stand in der Küche hinter einem langen Tisch, zerteilte mit einem großen Messer Baguettes und belegte sie mit Käse, Schinken und Salat. Manchmal schob ihm der Koch, ein stämmiger Italiener, ein paar Karotten oder Auberginen zu, die er in Stücke schneiden sollte.
An die Wand war ein altes Filmplakat von Bruce Lee gepinnt. Mandel liebte Karatefilme mit Bruce Lee. Er hatte vor Jahren sogar einen Karatekurs begonnen, ihn aber, nachdem er in diesem Bistro gelandet war, nicht mehr bezahlen können.
Mandel sah über die gefliese Mauerbrüstung, welche die Küche vom Büfett trennte, hinüber zu Fahli und strahlte. Er würde sich nicht mehr mühsam auf den Zehenspitzen recken oder einen Schemel heranziehen müssen. Jetzt, mit diesen neuen extra dick besohlten Schuhen, konnte er in den Kasten mit den

Messern greifen, einen Topf auf den Herd schieben, zum Gemüsekorb gehen und dabei immer, wann er wollte, hinübersehen, über das Büfett hinweg, wo Pommes frites im Öl hingen, dunkle braune Soßen vor sich hin blubberten, hinüber zu Fahli, die drüben hinter dem Getränketresen stand. Fahli lachte. Mandel wurde verlegen. Er war sich nie sicher, ob in Fahlis Lachen nicht ein wenig Spott mitschwang. Sie hatte ja auch einen Freund, einen dieser großen langen Kerle, die umherstapfen, als knöpften sie sich nicht nur eine kleine Perle, sondern die ganze Welt ins Ohr. Viel zu grob und rücksichtslos für Fahli. Denn Fahli hatte so winzige Brüstchen, so arglos.
Mandel dachte an zu Hause, wo er gerne mit einem zahmen Mungo gespielt hatte. Er neckte es mit einem Tuch, ließ es um den Kopf des Tieres kreisen, schneller und schneller bewegte er seine Hand, schneller und schneller drehte sich das Tier im Kreis und verharrte erstaunt, wenn das Tuch es plötzlich völlig bedeckte. Statt sich zu befreien, schnüffelte das Tierchen nun durch das Tuch hindurch nach einem Pfirsichstück, folgte mit der Nase Mandels Hand.
Fahlis dunkle Locken rollten über ihre Schultern, kringelten sich überm Schlüsselbein wo die Zimtfarbe ihre Haut in das leicht verwaschenen Blau ihres Shirts wechselte. Darunter, wie zwei Mungoschnäuzchen hinter einem blauen Vorhang, lagen Fahlis Brüste arglos und erwartungsvoll.
Ein guter Tag. Doch dann kamen diese Leute und wollten Frühstück.
Sie bestellten bei Fahli. Fahli sah achselzuckend auf die Uhr und sah zu Mandel. Mandel sah zum Italie-

ner und rief: Fünf Mal Frühstück!
Der Italiener sah zur Uhr, hob die Schultern und rief den Leuten zu: Frühstück ist alle!
Es sei doch erst elf, empörten sich die Leute.
Frühstück bis halb elf, sagte der Italiener, ab elf Mittag.
Die Leute verließen kopfschüttelnd das Bistro. Das war zu viel für Mandel. Wie er einfach fünf Gäste verscheuchen könne?!
Ich habe niemand verscheucht, die sind von selber gegangen.
Weißt du nicht, was der Chef gesagt hat?!
Klar weiß ich, was der Chef gesagt hat: wenig Gäste wenig Geld. Na und? Ist auch weniger Arbeit!
Na und!? Mandel raufte sich die Haare. Erst wenig Arbeit, dann keine Arbeit, dann Schluss!
Der Streit, der folgte, wurde in zwei verschiedenen Sprachen ausgetragen, untermalt von heftigen Gesten und bekräftigt mit allgemeinverständlichen deutschen Schimpfworten.
Der Koch füllte währenddessen weiter die Pfannen und Töpfe des Büfetts, ein Schwapp Rotkraut klatschte daneben. Mandel gestikulierte über die Brüstung hinweg mit dem Messer. Der Italiener kniete sich von der anderen Seite auf das umlaufende Büfett, streckte den Arm aus und langte nach Mandels Nase, die er, obwohl recht klein, zwischen Daumen und Zeigefinger zu fassen bekam und mehrmals kräftig nach links und nach rechts drehte, wobei er in vorzüglichem Deutsch Mandel eine kleine schlitzäugige Küchenratte nannte, die der Chef sowieso bald…
Mandel hörte Fahlis Stimme: Lass los, du tust ihm weh!

Ach, dieser weiche und klare Ton erklang nur für ihn; und Mandel hätte, um ihn zu hören, gerne die italienische Nasenzwinge noch länger ertragen. Doch der Grad seines Glückes steigerte sich noch, als Fahli ihm das Blut von der Nase tupfte.

Leg den Kopf nach hinten. Ja so! So ist gut.

Oh, das war gut. Mandel schloss, den Kopf auf ihrem Schoß, die Augen und wenn er sie öffnete, dann sah er über sich zwei Mungonäschen. Er lächelte selig.

Der Rest des Tages verlief ohne weitere Zwischenfälle. Am späten Abend hockte Mandel auf einem Schemel zwischen Herd und Arbeitstisch, saugte an einer Bierflasche und betrachte Bruce Lee. Die Dinge müssen sich ändern, dachte Mandel. Er stand auf und stellte die Flasche zur Seite. Während er mit dem Messerrücken eine zweite Flasche aufhebelte, warf er einen Blick über die Brüstung hinüber zu Fahli.

Dort stand nur noch ein einziger Typ und trank sein drittes oder viertes Feierabendbier. Obwohl er schwitzte, hatte er seinen vornehmen gelben Mantel nur aufgeknöpft. Hin und wieder stieß er mit den Füßen gegen seinen Aktenkoffer, stellte ihn wieder auf, um erneut auf Fahli einzureden.

Da – Mandel weiß nicht, ob er sieht, was er sieht — streicht die Hand des Gelbmantels unvermittelt über Fahlis Haar, sie weicht aus, doch die Hand schiebt sich nochmals aus dem feinen gelben Garn und greift plötzlich nach einem der Mungonäschen und hält es zwischen Daumen und Zeigefinger fest.

Mandel schwingt sich über die Brüstung. Mandel springt durch die Luft, ein Fuß rutscht über das am

Vormittag verkleckerte Rotkraut. Aus dem kämpferischen Sprung wird ein hilfloses Stürzen. Das Messer, noch immer in seiner Hand, schlägt warnend gegen die gläserne Abdeckung des Büfetts. Aber Mandels Blick ist noch immer fest auf das schwere Gelb geheftet. Doch plötzlich, der Mann bückt sich nach seinem Koffer, ist dieses Gelb verschwunden, und Mandel sieht nur noch ein helles leicht verwaschenes Blau und unter dem Stoff zwei arglose Schnäuzchen. Es ist zu spät, dem Messer eine andere Richtung zu geben. Das Messer fährt durch den hellblauen Stoff. Mandel starrt erst auf das Blau unter den Schnäuzchen, das sich dunkel verfärbt, dann in Fahlis ungläubige Augen.
Als sie noch einmal Mandel zu ihm sagt, kreist schon das blaue Licht des Einsatzwagens über ihren Lippen.

(2002, erschienen in: netzgeschichten 4. - yedermann Verlag)
.

Boldt

Ob ich dieses Opernglas vergessen habe? Vergessen? Vielleicht. Es gehört übrigens Boldt, nein, es gehörte Boldt. Kann sein, wenn ihm seine Mutter kein Opernglas geschenkt hätte, würde Boldt noch leben. Hätte es ja nicht mitschleppen müssen. Stand ihm dienstgradmäßig gar nicht zu. Damals an der Elbe, wo es so verdammt kalt war. Und das Anfang September. Nicht mal eine Zigarette war drin, so ein kleines rauchendes Warmgefühl. Könnte ja der Russe sehen. War wieder mal einer abgehauen, desertiert. Also, auf zum Russenfang. Sehr viel später, als der Russe tot war, habe ich erfahren, dass Boldt ihn durchlassen wollte. Gesehen habe ich nichts.
Boldt hatte, als wir aufzogen, sich an der Flussbiegung einfach vorgedrängelt. Wegen der Aussicht, raunte er, hier soll es Großtrappen geben. Der und seine Vögel. Kann sein, dass er am Ende zu viel gesehen hat.
Sicher, er hatte auch Probleme mit den Waden. Aber dafür konnte er nichts. Die waren einfach zu dick. Dafür konnte niemand was, nicht mal seine Mutter.

Einen Vater gab es nicht bei Boldt. Stattdessen Wurstpakete. Vielleicht rutschten die bei ihm bis runter in die Waden.

Sogar der Leutnant musste einsehen, dass da nichts zu machen war. Hockte sich hin und dirigierte: So, Genosse Boldt, nun nehmen Sie mal die Hacken zusammen! Langsam, langsam ... und dabei die Knie durchgedrückt laaasssssennnn!

Wir machten unter den Pappeln eine Rauchpause und sahen zu. Das war öfters so.

Boldt, rasieren! Wegtreten! Boldt, Kragenbinde wechseln! Aber Laufschritt! Brüllte es in unserer Nähe, galt das meistens Boldt. Der war irgendwie immer der Letzte, der Angeschissene. Jetzt also: Anwärter Boldt, stillgestanden! Boldt, allein mitten auf dem Exerzierplatz, wurde vom Leutnant inspiziert. Boldt schob die Hacken seiner Stiefel zusammen. Sofort knickten seine Knie ein und drängten auseinander. Streckte er aber die Knie, rutschten unweigerlich die Fersen von einander weg.

Der Leutnant äugte durch das große von Boldts Beinen gebildete O. Boldt, noch mal: Stillgestanden! Erneutes Kopfschütteln. Ich glaube, es sind die Waden. Vielleicht auch die Knie, aber eher die Waden. Boldt, Ihre Waden sind zu dick!

Boldts Augen leuchteten treublau in der Sommersonne. Zu Befehl, Genosse Leutnant!

Stirnengerunzel. Warum wird so was überhaupt eingezogen, Gruppenführer!?

Schulterzucken. Boldt, wegtreten! Laufschritt!

Boldt kam heran getrabt und zwinkerte mir zu, als wäre das alles nur ein Spaß gewesen.

Boldt hat ein dickes Fell. Dachte ich.

Das einzige, was nicht dazu passte, war der Pelikan. Ein Foto in seinem Spind. Ein junger Pelikan watschelte am Wasser entlang! An den großen afrikanischen Salzseen, erzählte Boldt, leben Millionen von Pelikanen. Wenn sie Junge haben, wird oft die Nahrung knapp. So ziehen sie an einen anderen See. Die Jungen, weil sie noch nicht flügge sind, gehen zu Fuß. Eine lange Kolonne marschiert dann die flachen Uferzonen entlang.
Aber wieso ist auf dem Foto weit und breit nur ein einziger Pelikan zu sehen?
Siehst du, sagte Boldt, die dicken Klumpen an seinen Füßen?
Das ist Salz. Und je länger der Pelikan unterwegs ist, desto dicker wird die Salzschicht, die das verdunstende Wasser an seinen Füßen hinterlässt.
Boldts blassblauer Blick hing plötzlich irgendwo fest. Mensch Boldt, sagte ich aufmunternd, wir sind doch keine Pelikane!
Stimmt, sagte Boldt, der Pelikan weiß nicht, dass er die anderen nicht mehr erreichen wird, dass er irgendwann umkippt. Deshalb läuft er weiter.

Als die Morgennebel über die Elbwiesen krochen, lag Boldt ein paar hundert Meter von mir entfernt. Blockade liegen, hieß das. Wir sollten verhindern, dass der Towarisch durchbricht. Einfangen, das machten die Freunde selber. Wo der Russe hinwollte, wusste keiner, wusste der wahrscheinlich selber nicht, ob nach Westen oder nach Osten. Unsere Kalaschnikows jedenfalls zielten nach Norden über die Elbe hinweg. Der Russe hatte auch eine Kalaschnikow. Es hieß, er sei direkt von seinem Posten

auf Wache getürmt. Wir waren mal in so einer Russenkaserne. Zuerst durften wir einen alten Panzer bestaunen. Eine heisere Veteranenstimme schilderte später den Weg des Panzers von der Wolga bis an die Elbe. Da saßen wir schon in einem mit Fahnen geschmückten Raum. Uns gegenüber waren an langen Tischen unsere kahlrasierten Waffenbrüder aufgereiht. Ein Dolmetscher dolmetschte und der Veteran klatschte hin und wieder temperamentvoll in die Hände, dass seine vielen Orden klirrten.
Die jungen Russen lauschten andächtig. Plötzlich blitzte ein Goldzahn herüber. Ein breites Sommersprossengesicht grinste Boldt an. Dessen Blaugezwinker hatte den Russen wohl ein wenig aufgemuntert. Einer der russischen Offiziere muss das Grinsen von dem Muschik aber missverstanden haben. Jedenfalls hat er dem ein paar Worte gesagt. Das hat der Dolmetscher nicht übersetzt. Aber der mit den Sommersprossen wurde ganz blass. Weiß nicht, ob der hinterher wirklich, wie manche von uns meinten, Prügel bezogen hat.
Na, dachte ich und sah auf die trübe dahinströmende Elbe, ist das ein Grund abzuhauen? Boldt selber hatte doch schon einiges durch. Boldt, ab in den Besenschrank. Musikbox. Münze oben rein. Los Boldt, singen! Hat er aber nicht, haben die vom dritten Diensthalbjahr den Spind samt Boldt auf den Kopf gestellt und ihre Münze wieder raus geschüttelt. Aber Boldt war zäh. Glaubte ich jedenfalls. Boldt wollte nach Afrika zu seinen Pelikanen.
Aber der Russe, wollte der etwa zu Fuß zu seiner Babuschka zurück?

Mir war kalt. Ich wartete auf die Sonne. Verdammt, wann war hier endlich Schluss? Ein Reiher stakte durch den Nebel. Boldt konnte sich jetzt mit seinem Opernglas die Zeit vertreiben. Das Opernglas hatte ihm seine Mutter geschenkt. Wenn du im Ausgang mal ins Theater willst. Eigentlich war es kein richtiges Opernglas, sondern ein Fernglas. Ein richtiges Opernglas hätte es, so Boldts Mutter, nicht gegeben. Zum Glück, sagte Boldt. Es lag ihm nichts daran, Leute im Theater zu beobachten, lieber beobachtete er Vögel.
Plötzlich tauchte jenseits der Elbe einer auf, von dem ich fast vergessen hatte, dass er auf dieser Freilichtbühne mitspielte. Der Russe. Mir schoss die Angst durch die Därme. Verdammt, das konnte nur der Russe sein! Er tappte unentschlossen durchs Ufergehölz. Glücklicherweise bewegte er sich von mir weg. Wenn er rübermacht, dachte ich erleichtert, macht er bei Boldt rüber. Boldt musste ihm jetzt genau gegenüberliegen. Der Russe kletterte tatsächlich die Uferböschung herab. Mein Herz klopfte wie blöd. Plötzlich aber drehte der Russe um und verschwand zwischen den Bäumen. Langsam beruhigte ich mich.
Als eine ganze Zeit später irgendwo weit weg ein paar Schüsse dumpf bellten, zuckte ich zusammen und lauschte. Doch alles blieb still. Ich sagte mir: Da ist sicher ein Schießplatz in der Nähe. Die Sonne wärmte mich, die Nebel lösten sich auf und die Wiesen glitzerten mild. Da muss ich eingenickt sein, denn plötzlich wurde ich von einem schmerzhaften Tritt gegen die Ferse geweckt. Der Gruppenführer sammelte uns wieder ein und fluchte.

Boldt, sonst nie um einen Kommentar verlegen, trottete vor mir und schwieg. Diese merkwürdige Schweigsamkeit blieb.

Bald darauf wurde Boldt in eine andere Kompanie versetzt.

Einmal, kurz bevor sein Wachdienst begann, borgte ich mir sein Opernglas für einen Theaterbesuch. Als ich es am nächsten Tag zurückbringen wollte, da war Boldt nicht mehr am Leben. Ein Unfall, sagte später der Leutnant und belehrte uns ausgiebig über den Umgang mit Waffen.

Boldts Glas lag danach lange unbenutzt in meinem Spind. Sehr viel später fuhr ich zu Boldts Mutter, um ihr das Opernglas zurück zu geben. Gott sei Dank hat sie nicht geheult oder so. Sie zeigte mir nur einen Brief ihres Sohnes.

Darin schrieb er von einem wunderschönen Morgen an der Elbe, vom Nebel, der sanft über die Wiesen kroch und von einem Silberreiher, denn er so nah noch nie hätte beobachten können. Dann aber sei der Russe aufgetaucht, ganz deutlich habe er mit dem Glas sein sommersprossiges Gesicht sehen können, ein breites Bauerngesicht. Einen Moment lang habe der Russe ganz versonnen dagestanden und in die Morgensonne gelächelt. Aus seinem Mund, schrieb Boldt, blitzte es golden zu mir herüber. Da dachte ich, Mensch, lass ihn durch! Ich habe mich aufgereckt und ihm gewunken. Los, komm! – Doch er? Bekam einen Schreck und verschwand zwischen den Bäumen. Eine Weile später sah ich ihn über eine Lichtung laufen, auf eine Scheune zu.

Da fuhren auch schon zwei Panzerwagen heran. Die

haben die Scheune einfach in Brand geschossen.
Aber der Russe, der kam nicht heraus.
Vielleicht wäre er rübergekommen, wenn ich einfach
still liegen geblieben wäre. Kann sein, er wäre dann
noch am Leben. – Übrigens, Mutter, du musst dir
keine Sorgen mehr machen, wegen Afrika und so.
Ich glaube, Afrika, das ist wirklich für mich viel zu
weit.
Tja, sagte ich verlegen.
Tja, sagte die Mutter. Und dann: Behalten Sie das
Fernglas. Sie sollen doch so ein Theatergeher sein.
So war das mit Boldt. Oh, ich glaube, die wollen jetzt
zumachen.
War eigentlich ein miserables Stück heute Abend.
Boldt hat mal gesagt, man muss sich alles ganz genau
ansehen. Na dann, danke für das Glas …

(2005, erschienen in: Muschelhaufen 2005. – Hrsg. Erik Martin)

Adam schweigt

„Ja, ich habe Sie gerufen. Es war kein Problem die Tür zu öffnen. Es gibt keine Tür, die ich nicht öffnen könnte. Das bringt mein Beruf so mit sich. Ich habe gleich gewusst, dass bei A. was nicht stimmt. Es war, als ich hereinkam, so still in der Wohnung, still und unaufgeräumt. Das Küchenfenster stand offen, die Gardine bewegte sich leicht. Ich setzte mich da an den kleinen rechteckigen Holztisch.
A. war immer sehr stolz auf diesen Tisch gewesen. Vom Trödler, aber aus Apfelbaumholz. Ich meine, kein Mensch baut einen Tisch aus Apfelbaum. Buche und Eiche, Kirsche sicher, auch Birne. Aber Apfel? Furnier, Spielzeug, Schnitzereien, ja. Aber ein ganzer Tisch?
Es waren auch Wurmlöcher drin. Da sehen sie: Immer noch ganz frisch. Da nimmt man doch Hylotox. Ich habe da immer noch was am Lager. Na gut, muss nicht Hylotox sein. Aber es gibt ja auch andere Mittel, ganz umweltfreundlich. Eicheln zum Beispiel: Legst die Eicheln auf den Tisch, die Tierchen schnuppern das und kriegen einen Heißhunger

auf Eicheln. Habe ich A. auch gesagt. Pass auf, sag ich, du kannst dich daneben setzen und drauf warten. Dann kommt er raus, der Wurm. Dann schnappst du ihn dir!

Aber A. hätte sich lieber den Tisch wegfressen lassen, als einen Rat anzunehmen.

E., als sie noch bei ihm war, hat wenigstens immer ein Tischtuch draufgelegt. Wochentags ein kariertes. Nein, kein Wachstuch, so wie früher zu Hause, brüchig, von Messerschnitten durchtrennt, wenn A. wieder einmal kein Brettchen untergelegt hatte.

Mit E. hat es immer ein bisschen ausgesehen wie in Schöner Wohnen, egal, ob sie im Hinterhaus wohnten oder im Plattenbau, ob allein oder in einer Wohngemeinschaft.

Wo wir alles schon gewohnt haben!, sagten sie.

Manchmal taten sie so, als ob sie nicht drei, sondern schon dreißig Jahre zusammenlebten.

An Sonn- und Feiertagen kam eine helle Decke auf den Tisch. Ja, auch hier in der Küche. So wie es sich gehörte. Heutzutage ist doch alles eins, sieben Tage, einer wie der andere. Arbeit und Lärm, Arbeit oder Lärm. Beides zum Totschlagen der Stille. Weil man, wenn es still ist, nachdenken muss.

So still, wie vorhin, ehe Sie kamen. Der Tisch unbedeckt. Sie sehen ja selbst: Kratzer und Kerben, runde Ränder von Gläsern, Brandmale von heißen Pfannen, Flecken von Wachs und Rotwein. Und da, fühlen Sie, wenn man darüber streicht, spürt man mit der Fingerspitze das harte Metall: die abgebrochene Messerspitze.

Man kann seinen Kindern alles geben, nur Glück nicht. Auch das Unglück nicht. Ja sicher, da wird so

ein Psychologendoktor kommen und vom Trauma reden und mit dem Finger auf den Vater zeigen. In der Zeitung werden sie schreiben: Zu streng gewesen, die einen. Die anderen: Das seien die Früchte der antiautoritären Erziehung.
Sollen sie schreiben. Bin ja so einiges an Schuldzuweisungen gewohnt. Als ob ich jemals Einfluss gehabt hätte auf A.
Noch zwei Tage, bevor er da runter ging, war ich hier. Hier haben wir gesessen. Ich sagte: Tu das nicht! Du wirst Dinge sehen, die ein Mensch in seinem Leben besser nicht sehen sollte. Wenn sie es dir befehlen, wirst du sogar Dinge tun müssen, die ein Mensch niemals tun sollte.
Und außerdem: Monate von E. getrennt, ob das eure Beziehung verkraftet?
Was weißt du schon?, hat er gesagt. Das alles hier, er hat dabei so eine weit ausholende Geste gemacht, das alles hier verkraftet unsere Beziehung nicht! – Außerdem: E.s Textilbude macht jetzt endgültig dicht.
Ich weiß, habe ich gesagt.
Wir können kaum noch die Miete …
Ich weiß, habe ich gesagt.
Der Einsatz wird sehr gut bezahlt.
Ich weiß, sagte ich, aber, denk an das, was du zahlen musst.
Deine ewige Allwissenheit kotzt mich an, sagte er. Du weißt immer alles, sagte er. Du hast gewusst, dass ich das Abitur vermasseln werde. Du hast gewusst, dass ich die Lehre abbrechen werde. Und als ich neun war, erinnerst du dich: Es war ein Herbsttag, der Wind trieb große Wolken wie eine

Viehherde über den Himmel. Ich habe mir einen Drachen gebaut, ganz allein. Mein erster Drachen, den ich wirklich ganz allein, ohne deine Hilfe gebaut habe. Du hast gewusst, die Leisten sind nicht schmal genug, die Nägel nicht klein genug, das Papier nicht fein genug, die Schnur nicht leicht genug. Mein Drachen nicht gut genug. Und du hattest Recht: Er ist nicht geflogen.

In diesem Moment, A. hatte die ganze Zeit damit gefuchtelt, hieb er das Messer direkt neben meine Hand in den Tisch.

Und wissen Sie, was ich dachte? Siehst du, dachte ich, nicht mal das schaffst du.

Vielleicht wollte er das da unten wirklich durchziehen? Aber musste er diesen Bauern erschießen? Er hätte doch ... Ich habe es gesehen. Eine Kamera ist heute immer dabei. Alle haben es gesehen. Wie aus der frisch gefüllten Ziegenhaut das Wasser über die lehmgelbe Erde lief und wie es sich dort mit dem Blut des Bauern vermischte.

Natürlich haben sich seine Vorgesetzten vor ihn gestellt. Die enorme psychische Belastung, die ständigen Anschläge, die Witterung – na ja, ich wusste gar nicht, dass es da unten so was wie Nebel gibt. – Ha, siehst du, würde er jetzt sagen, weißt ja doch nicht alles! –

Als er zurückkam, war E. ausgezogen. So, wie ich es prophezeit hatte. – Nein, ich habe wirklich nicht gern Recht. Aber man hat ja seine Erfahrungen.

Erst habe ich also hier gesessen und gewartet. Gehofft habe ich, er kommt irgendwann herein. Damals zu Hause in unserem Garten wusste ich immer, wo er sich versteckt. Aber ich habe mir nie etwas

anmerken lassen, immer wieder habe ich nach ihm gerufen. Ich wusste, irgendwann kommt eine Antwort, irgendwann kommt er hervor. Doch diesmal kam er nicht, trat nicht durch die Tür. So wie später, wenn er mich zu Hause besuchte, mit einem leicht verlegenen Lächeln. Als wäre er selbst überrascht, da zu sein.
Draußen der Lärm, ein fernes Rumoren, dumpf, hin und wieder schrillte etwas, quietschte etwas, heulte etwas. Doch alles gedämpft, als hinge die Stille wie ein Wattepfropfen im offenen Fenster. Keine Decke mehr auf dem Tisch. Nur die Schalen seines Frühstückseis. Eine angebissene Schnitte, pelziger graugrüner Belag. Zigarettenasche. Kaffeesatz.
Gebrüht und schwarz, die Tasse randvoll, so dass, wenn er seine zwei Löffel Zucker einrührte, die Brühe regelmäßig überlief. Vielleicht hat E. deshalb am Ende keine Decke mehr aufgelegt.
Es war ja meistens Sonntag, wenn ich mit am Tisch saß. Dann lag da die helle Decke, sonnengelb mit blauen Blumen bestickt. An einem dieser Sonntage – eine Woche bevor er runterging, drei Wochen nachdem er unterschrieben hatte – haben wir zu dritt hier gesessen: Draußen im Hof hallte der Gesang eines Vogels, der Wind spielte mit dem luftigen Weiß der Gardine. E. beugte sich zu ihm und flüsterte ihm etwas ins Ohr. Er stutzte, staunte, lachte. Dann gab er ihr einen kurzen heftigen Kuss.
Eigentlich hätte ich in diesem Moment gehen sollen. Ja, ich hätte es tun sollen. Gerade weil E. mir die Hand auf den Arm legte. Bleib doch noch!
Das hieß doch nicht: Bleib doch. Das hieß doch: Danke. Danke für dein Verständnis.

Aber was tat ich? Ich blieb. Und als er zu ihr sagte, hörst du da draußen die Nachtigall singen, da musste ich ihn korrigieren: Das ist nicht die Nachtigall.
Ich sah seinen Blick und versuchte noch, meinem Einwurf eine spaßige Note zu geben. Auch nicht die Lerche. Das ist eine Amsel, mein Junge, eine Amsel!
Gott, was hast du getan! Es ist doch völlig egal, was da singt! Hauptsache, es singt da draußen etwas. Es war Sonntag, früh am Morgen, kein Straßenlärm, kein Radio und kein Fernsehgerät, nichts dudelte. Es war still, ein Vogel sang. Und E. hatte A. gerade gesagt, dass sie ein Kind von ihm erwartet.
Da verbessert man doch nicht den eigenen Sohn! Da lässt man doch die beiden allein, da geht man aus der Wohnung, geht spazieren im Park, hört den Vögeln zu und freut sich. Denn es spielt doch wirklich keine Rolle, wie der Vogel heißt, der da singt.
Es war zu spät. Der eben neu geknüpfte Zauber zwischen den beiden war schon zerrissen.
A. stand auf und brachte Wasser zum Kochen. Es war jetzt eine andere Stille im Raum. Sogar der Vogel draußen schwieg, als lauschte auch er dem siedenden Wasser.
Obwohl die Kanne der Kaffeemaschine, die ich den beiden am Vortag mitgebracht hatte, noch halb gefüllt war, brühte A. sich einen frischen Kaffee.
Er brachte die Tasse zum Tisch, stellte sie neben die Untertasse und rührte Zucker ein. Im Nu waren Gelb und Blau dunkel umrandet.
Keiner sprach mehr ein Wort. Ich wusste, es wird etwas passieren. Wenn nicht in diesem Augenblick, dann in irgendeinem anderen. Ich erinnere mich nicht, wie lange wir da gesessen haben, bis ich

endlich habe aufstehen können und gehen.
An all das dachte ich, als ich vorhin in dieser verlassenen Küche saß. Plötzlich regte sich die Gardine, als ströme Zugluft durch eine sich öffnende Tür. Doch es war nur ein Windstoß von draußen, der den müden Tüll noch einmal bewegte, wie eine letzte vergehende Erinnerung an etwas, was vielleicht hätte möglich sein können: Ein Paar, ein Tischtuch, ein Vogel, ein Kind.
Ich musste tief versunken sein, als mich eine Stimme erschreckte, obwohl sie eher flüsterte, als dass sie rief: Adam, wo bist du?
Es war meine eigene Stimme. Und ich wusste: Diesmal würde ich keine Antwort bekommen. Nie mehr. Ich wusste es, noch bevor ich A. nebenan fand", sagte G., der Zeuge, welcher heute den Notruf absetzte.

(2005, erschienen in: Wo ist Adam?. – Peter Rathke Verlag)

Unweit von Telgte

> Unsere Geschichten von heute müssen
> sich nicht Jetzt zugetragen haben.
> Günter Grass

In der Senke hockten die Hütten der Bauern.
Das Bündel mit Fladen für Mann und Sohn unterm Arm verließ sie um Mittag das Dorf.
Aus dem verregneten Himmel brach endlich ein Streifen von Licht.
Doch Wind schwieg und Vogel, kein Tier und kein Mensch auf den Feldern. Auch dort nicht, wo beim Holunder dampfend ihr Acker lag. Sie raffte den härenen Rock und eilte und rannte dorthin.
Da lag verlassen der Pflug. Verschwunden der Mann und das Kind und auch der Ochse.

Suchende Blicke, ein Flüstern: Herrgott, was ist geschehn? Da klang vom Hügel das Brüllen des Ochsen, erlösend für einen Moment. Sie wandte sich um und sah – dann warf sie sich unter den Holder.
Soldaten. Da kam über den Hügel treibend den Ochsen ein Trupp Musketiere.
Schon vernahm sie deren Schritte und Stimmen

dicht bei den Büschen. Dort, wo sie lag mit verhaltenem Atem, verfluchend den ach-so-lauten Schlag ihres Herzens.
Etwas rann über ihre Hand, etwas Warmes und Feuchtes. Als den Blick sie gewendet, sah sie, das war Blut.
Da schlug sie die Zähne in Erde und Gras, daß den Schrei sie bannten im Mund: Herrgott, was hast du getan?!
Neben ihr lag erschlagen ihr Mann, und in seiner Hand qualmte die Hökerpiep noch.

Später im Wald fand sie den Sohn zitternd zwischen Wurzeln und Fels.
Und wieder das Nahen der grölenden Horde, und tiefer gehetzt in den Wald krochen sie in die Höhle der Bären, denn die waren freundlicher noch.
Nach Stunden, nach Tagen – sie wußten es nicht – wagten den Weg sie ins Dorf. Und dort, unter der Linde waren die meisten der anderen versammelt wie schon so oft – nur diesmal waren sie tot.

Der Schulze, der hier zur Kirchweih ihr lüstern zwischen die Röcke gefasst, hing die nackten Sohlen zum Himmel gekehrt. Und die Nachbarin, die gestern noch guter Hoffnung gewesen, lag da mit gespaltenem Leib.

Starr stand der Knabe, die Frau gekrümmt und geschüttelt vom Magen, der herauswürgen wollte, was fest gedrungen ins Hirn.
Die Überlebenden hatten wie immer die Toten begraben. Bei den Holunderbüschen stand wieder

die Frau und hieß den Knaben zu gehn hinterm Pflug, und selber spannte sie sich davor: Herrgott, *dies Kind soll unverletzet sein!*

Als der Morgen gelassen wie immer über die Hügel kroch, hing bleich noch überm Land des Mondes Sichel wie eines Henkers Beil.

<small>(1989, erschienen in "Fahrtwind"; hrsg. v. Bezirksliteraturzentrum Erfurt)</small>

Der Reiher

Leer das Haus, der Möbelwagen abgefahren. Sie stand am Fenster und rauchte. Er, neben ihr, blickte hinüber zu den Erlenbrüchen. Ein Reiher zog darüber hinweg und strebte seinem Schlafplatz zu.
Später lagen sie im Mondschein auf den bloßen Dielen. Nackt und einander abgewandt. Ein Fußbreit Raum zwischen ihren Rücken, Weltraum. Und doch war da die Anziehung zwischen zwei Körpern: unmöglich, sich zu entfernen. Beieinander gehalten von der Schwere der Jahre, der Schwere der gefallenen Worte. Unaufhebbares.
Dann, er spürte es, begann sie, sich zu lösen. Langsam, als wolle sie ihn nicht wecken. Er wusste, sich jetzt nicht zu rühren, das war die einzige Möglichkeit, weiteren Worten zu entkommen. Worten, die nichts ändern, nicht helfen, nicht retten würden, nichts täten, als den Schmerz zu vertiefen. Und deshalb, so ahnte er, tat sie, als glaube sie, dass er schliefe.
Er lag still und lauschte ihren leisen, über die Dielen tappenden Schritten. Wusste, ihre nackten Füße die Treppe hinabsteigen, kaum wahrnehmbar. Nur auf

der untersten Stufe der Treppe, darauf wartete er, würde es, wie seit dem Tag ihres Einbaus vor knapp vier Jahren, ein knackendes Geräusch geben.
Das gibt sich, hatte der Tischler gesagt.
Und sie: Das macht nichts. Da höre ich wenigstens, wenn einer kommt oder geht.
Er irritiert, später nachfragend: Wer soll kommen? – Oder, er lachte, gehen?
Sie daraufhin mit angehobenen Schultern: Es war nur so gesagt.
Nein, das wusste er nun, es war nicht nur so gesagt: Sie hatte sich von Anfang an nicht wohl gefühlt in diesem Haus, dass er für sie … Das wir zusammen, sagte er, gebaut haben.
Nicht wohl? Nicht sicher, dachte er. Bemerkte, dass sie jeden Abend die Haustür prüfte, ob der Schlüssel von Innen steckte und herumgedreht war.
Die vielen Wohnungen ringsum, hatte sie, bevor sie ihren Wohnblock verließen, gesagt, bilden einen Kokon, ein Kokon aus Menschen. Aber hier sind wir allein.
Als die Kinder kamen, wurde es besser, schien es ihm. Sie war abgelenkt. Abgelenkt und eingewöhnt.
Doch dann, er schlief schlecht, man munkelte im Betrieb von Entlassungen, hatte er nachts das Knacken der Stufe vernommen und das vorsichtig testende Klinken der Haustür.
Er spottete, er tadelte, er schimpfte, er wütete, er nahm es persönlich: sie fühlte sich nicht sicher, nicht sicher bei ihm.
Er ließ ein zusätzliches Schloss in die Haustür einbauen, schlug für die Fenster Rollläden vor und holte verschiedene Angebote für Alarmanlagen ein.

Dann aber, als sein Verdienst ausfiel, war daran nicht mehr zu denken.
Schließlich war er, wenn er sie schlaflos sich hin und her wälzen hörte, selbst aufgestanden und hatte Türen und Fenster überprüft.

Jetzt hörte er das leise Klappen der Tür zum Wohnzimmer, wo sie ihre verstreuten Sachen zusammensuchen und sich ankleiden würde.
Vielleicht, es war jetzt einen Moment sehr still, schrieb sie gerade in ihrer großen schwungvollen Schrift, die manchmal in den letzten Worten des Satzes flach wurde, wie zitternd auslief, einen letzten Gruß; den Zettel, da kein Tisch mehr da war, mit der Linken an die Wand haltend ...
Dann ihre Schritte, jetzt in Schuhen und eilig auf den Fliesen des Flures. Weiter: Das leise Klappern im Schlüsselkasten, als sie den Autoschlüssel nahm, das schwergängige Schnappen des Haustürschlosses, das Klappern ihre Absätze auf dem Pflaster der Garageneinfahrt, das Klacken der Autoentriegelung, das Zuschlagen der Autotür und ...
Er hob den Kopf, warum ließ sie das Auto nicht an, worauf wartete sie? Auf ihn?
Es war doch alles gesagt. Gesagt und geregelt: Sie blieb fürs Erste mit den Kindern bei ihren Eltern. Er ... Er? Das, hatte er gesagt, würde sich finden. Tat sorglos, so, wie er es immer getan hatte, immer sorgloser, je sorgenvoller sie die Briefe geöffnet hatte, die Rechnungen, die Mahnungen, Anwaltsschreiben, Räumungsfristen ...

Hatte eben nicht die Autotür noch einmal geschlagen, kam sie zurück? Sein Herz schlug zum Hals. Nein, da waren ihre Schritte, jetzt auf dem Fußweg, jetzt auf der Straße, auf der anderen Seite der Straße, wurden leiser und leiser ...

Auf dem Fensterbrett lagen ihre Zigaretten und ein Feuerzeug. Er sprang auf und griff nach der Zigarettenschachtel.

Sie ging zu Fuß, ging zu Fuß drei Kilometer bis zum nächsten Haltepunkt der Bahn und ließ das Auto stehen, ließ es zurück, überließ es ihm. Eine letzte Geste, gut gemeint, aber ...

Nimm du das Auto, hatte er gesagt, du musst doch mit den Kindern ...

Sie hatte es nicht genommen. Er fühlte sich gedemütigt. Zu guter Letzt, zu böser Letzt. Absichtslos, das wusste er, nicht mit dieser Absicht. Sondern: Sie wollte nichts mehr von ihm.

Mit Zigaretten und Feuerzeug in der Hand eilte er die Treppe hinab. Da, das deutliche Knacken der letzten Stufe – wenn einer geht, dachte er. Und plötzlich ahnte er, das war ihre Furcht gewesen: zu gehen. Nun war sie gegangen.

Vergeblich suchte er nach einem Zettel, einem letzten Wort, einem Zeichen ...

Er zerdrückte die noch halbgefüllte Schachtel in seiner Hand, warf sie auf die Fliesen des Flures und verließ das Haus. Er ging zum Auto, öffnete die Heckklappe und hob die am Vormittag frisch in Polen befüllten Benzinkanister heraus.

Er begann im Wohnzimmer, dann in der Küche, im Bad, Abstellraum und Flur. Die Benzindämpfe erfüllten das Haus. Er war wie berauscht, berauscht von seinem Tun, berauscht von den Dämpfen, endlich war es vorbei.

Dann ging er nach oben, noch immer nackt, setzte sich auf die Dielen, den Ort ihres letzten Versuchs, wieder oder wenigstens ein letztes Mal einander nah zu sein.

Er wartete, in der Hand das Feuerzeug.

Die Dämmerung kam, über den Teichen hinter den Erlenbrüchen stieg ein Reiher empor und wanderte über den werdenden Himmel, wanderte, als gäbe es nirgends mehr einen Ort, um zu landen.

(2006, erschienen in: Die Erde dreht sich unter meinen Füßen.
docupoint Verlag)

.

Als Mutter twistete

Meine Mutter war eine stille Frau. Der Rhythmus einer ratternden Nähmaschine und Großmutters Klopfstock bestimmten ihr Leben.
Sie nähte Vaters Hosen und, so glaubte ich lange Zeit, die Hosen und Jacken all der Männer, die eine Uniform trugen. Jedenfalls schob sie Tag für Tag dicken, filzigen Stoff unter der auf- und absausenden Nadel hindurch: feldgrauen, dunkelblauen, grünen Stoff. Ein- oder zweimal im Jahr brachte sie einen Blumenstrauß mit nach Hause, eine Urkunde mit goldenen Buchstaben und einen Umschlag mit einigen Geldscheinen. Lächelnd stellte sie den Strauß in eine Vase. Das Geld steckte sie seufzend in die alte, angeschlagene Kaffeekanne im Küchenschrank. Die Urkunde verschwand wie andere zuvor in einem Schubkasten, den Mutter mit einer kurzen Bewegung ihrer Hüfte zuschob. Dann zog sie ihre geblümte Kittelschürze an und ging hinauf, um Großmutter zu waschen und mit Franzbranntwein einzureiben.
Irgendwann, meist lag ich schon im Bett, kam Vater. Ich hörte beide im Flur ein paar Worte wechseln, dann aus der Stube nur noch den Fernseher.

Es war an einem sommerlichen Samstagmorgen. Ich saß auf der Treppe unseres Reihenhauses und beobachtete Ameisen, die emsig die Krümel meines Frühstücksbrötchens wegschleppten.
Plötzlich drang aus der Küche ein Klirren, Kreischen und Dröhnen, dass ich erschreckt aufsprang und ins Haus lief, um nachzusehen. Was sich mir darbot, konnte ich nicht fassen: Das Magische Auge unseres Radios glühte, die Stoffbespannung des Lautsprechers vibrierte, der ganze hölzerne Kasten bebte – und Mutter tanzte. Jedenfalls behauptete sie hinterher, dass es ein Tanz gewesen sei. Ich sah sie nur mit geschlossenen Füßen zwischen den Scherben eines zerbrochenen Tellers auf den Fliesen hin- und herrutschen. Mit angehobenen Armen schien sie gegen einen unsichtbaren Gegner zu boxen. Dabei schwenkte sie die Hüften und senkte gleichzeitig ihren Hintern Richtung Küchenboden, um sich gleich darauf wieder emporzuschrauben. Sie warf den Kopf in den Nacken und lachte mir zu. Diesen Moment habe ich nie vergessen.
Einen Augenblick später vermischte sich das Fiepen des Zeitzeichens mit Großmutters Klopfen.
Als Vater zum Mittagessen nach Hause kam, berichtete ich ihm aufgeregt von dem Ereignis. Ich bemühte mich, meine Schilderung mit Bewegungen und Gesang zu illustrieren. Vater jedoch schien meine Begeisterung nicht zu teilen, denn seine Mundwinkel senkten sich, und er sagte nur: Negermusik.
Neulich habe ich mich daran erinnert, als ich überlegte, was ich mit dem MP3-Player anfangen sollte, den mir meine Kinder zum Geburtstag geschenkt hatten. Mit ihrer Hilfe gelang es mir schließlich,

Musik von den Beatles auf dieses Gerät zu übertragen.
Als ich einige Tage später meine Mutter im Heim besuchte, war gerade eine Pflegerin dabei, sie zu waschen und einzureiben. Ich saß eine Weile an ihrem Bett und redete, was man so redet. Sie blickte wie immer stumm aus dem Fenster.
Da zog ich den Player aus der Tasche. Ich musste nicht lange suchen, bis ich die Beatles singen hörte. Mein Herz klopfte, und ich zögerte, als ich mich zu Mutter beugte und einen der Hörer vorsichtig an ihr Ohr hielt. Da waren sie, die Beatles mit ihrem „Twist and Shout".
Ich sah Mutter an. Jetzt sah sie mich.

(2007, erschienen in: Yeahsterday.- Lerato-Verlag)

Unbeherrscht

Im Jahr der großen Krise fuhr Schrader nach Spanien.
Schrader schlief und Max saß am Steuer des Caravan. Max war Schraders Sohn und der Caravan von einem Freund geliehen. Seit er seine Stellung bei einer Illustrierten verloren hatte, nannte sich Schrader Reiseschriftsteller und arbeitete, wie er gern betonte, frei. Dafür sei er seinerzeit über die Grenze. Allein. Zu gefährlich für einen Säugling wie Max sei das gewesen. So hatte er es Max gegenüber formuliert, als der mehr als zwanzig Jahre später bei ihm aufgetaucht war, völlig abgebrannt.
Max schien immerhin ein brauchbarer Autofahrer zu sein. Später lenkte Schrader, und Max beschäftigte sich mit seinem Smartphone.
Dort drüben, Max, siehst Du? Schrader wies aus dem Fenster: das Meer!
Mhm, brummte Max, hob sein Smartphone und machte ein Foto.

Sie passierten die spanische Grenze und Schrader sagte zu dem wieder am Steuer sitzenden Max: Wahnsinn, Mensch!, keine Posten, kein Schlagbaum ... Max sagte nichts, schob eine CD ein. Rap. Rap statt Swing und Klassik, wie sonst, wenn Schrader Auto fuhr. Schrader kurbelte das Fenster herunter, und der Fahrtwind riss das Stakkato böser Wörter weg von seinen Ohren. Schrader döste. Max steuerte einen Parkplatz an. Verpiss Dich, blöde Tusse!!
Was ist los? Schrader schrak auf und sah einen Mittelfinger seines Sohnes in Richtung einer Frau gereckt. Die rangierte unbeeindruckt ihren Kleinwagen in eine Parklücke. Max, entfuhr es Schrader: Es gibt Grenzen! – Fahr weiter, da drüben ist noch was frei. Max hieb den Rückwärtsgang ein. Ein Mann hob warnend die Hände.
Fick dich, Kanacke!
Max, verdammt, beherrsch dich!
Wie du, damals, ja?!, sagte Max. Schrader guckte irritiert. Max schaltete vor und kurbelte am Lenkrad. Es krachte und scharrte; ein Ruck, der Caravan stand. Mist! Einen Moment lang Stille. Dann sprangen beide aus dem Fahrerhaus. Der Caravan saß auf einem Begrenzungsstein fest; das linke Vorderrad hing in der Luft. Schrader fluchte. Verdammte Scheiße, Max, der ist geliehen!
Max sagte Ja, ja, und zündete sich eine Zigarette an. Ein Dutzend Spanier sammelten sich palavernd um den Caravan. Ratsuchend ging Schrader zur Tankstelle hinüber. Als er zurückkam, hatten etliche Männer den Caravan vom Stein gehievt. Max spendierte eine Runde Zigaretten. Schrader stand dabei und rauchte nicht.

Als sie weiterfuhren, bemerkte Schrader, dass der Caravan nur mit Mühe in der Spur zu halten war. Unweit von Barcelona entschloss sich Schrader, eine Werkstatt aufzusuchen. In der Stadt ließ er sich zu einem Hotel navigieren. Es war billig genug, aber zentral gelegen.
Während Max das winzige Zimmer bezog, fand Schrader eine Werkstatt. Dort versprach man, das Lenkgestänge bis zum nächsten Abend zu richten. Schrader fragte nach dem Preis, und der Mechaniker nannte, den Kopf wiegend, eine Zahl.
Zu Fuß unterwegs zum Hotel telefonierte Schrader mit seinem ehemaligen Redakteur und versprach eine außergewöhnliche Reportage. Schrader, sagte der. Sie kennen den Laden … Ich sehe mir die Sache an, aber Vorschuss …?
Schrader verhielt seinen Schritt und blickte über einen mit Zelten übersäten Platz. Spruchbänder waren zwischen Bäumen und über Zäune gespannt, Parolen und Zeichen auf Wände und Wege gesprüht: Empört euch! — I love Molotow! Auf Treppen und Grünflächen saßen junge Leute in Gruppen und diskutierten. An den Wegrändern Stände mit Broschüren und Handzetteln. Auf Spirituskochern brodelte es. Lachen, Musik, Gerüche von Kaffee und Hanf.
Schrader wählte noch einmal die Nummer des Redakteurs: Wie wäre es mit was Politischem? Studentenproteste … Randale? Nein … noch nicht … Fotos? Ja! – Verdammt! Schraders Fotoapparat lag noch Caravan.

Ein junges Mädchen schnitt unter einem Zeltdach einem Burschen die Haare. Ein anderer stand mit einigem Abstand davor und sah zu. Max?
Max! Schrader rief. Max wandte sich um und winkte. Schrader bedeutete ihm, zu fotografieren. Max nickte. Doch dann trat er zu der Haarschneiderin und setzte sich auf den eben frei gewordenen Stuhl. Das Mädchen lachte und zückte die Schere.
Gegen dreiundzwanzig Uhr war Max immer noch nicht zurück im Hotel. Schrader ging noch einmal hinüber zum Camp. Kleine Grüppchen an kleinen Feuern, friedliches Stimmengemurmel, leises Lachen. Das Zelt der Haarschneiderin lag still und verschlossen. Schrader lauschte einen Moment. Nichts, kein Laut, kein Geräusch.
Auf der Terrasse vor dem Hotel saß eine Frau, die, wie Schrader auf jemanden zu warten schien. Sie bat um Feuer. Schrader drehte bedauernd die Handflächen nach außen. Sie lächelte.
Später, als Schrader die Tür seines Zimmers aufschloss nannte sie eine Zahl. Schrader wandte sich um, hob die Brauen, schluckte und sprach stotternd von einem Missverständnis. Sie lächelte und nestelte an Schraders Gürtel ihre Lippen glänzten und Schrader klaubte mit zitternden Fingern einen Schein aus seiner Brieftasche.
Schrader erwachte von einem Klopfen an der Tür. Max? Moment! Schrader sah sich um, er war allein. Als er die Tür öffnete, erblickte er einen Polizisten, neben ihm ein Mann in Zivil.
Es habe in der Nacht einen Überfall gegeben, sagte der Zivilist. Auf ein Privathaus. Sachbeschädigung,

Ruhestörung. Unter den Tätern auch ein junger Mann. Der Zivilist nannte Max' Namen.
Als Schrader sagte, das sei sein Sohn, schwiegen die beiden Männer einen Moment lang. Dann räusperte sich der Zivilist und sagte, der junge Mann habe sich der Festnahme zu entziehen versucht, dabei habe es bedauerlicherweise einen Unfall gegeben.
Sie fuhren Schrader zum Krankenhaus. Max war nicht bei Bewusstsein und sein Oberkörper bandagiert. An seinem Bett saß die Haarschneiderin. Ihr Gesicht war blass, die Augen verweint. Sie gehöre zu den Tätern, ließ der Zivilist Schrader wissen.
Der junge Mann habe sich beim Übersteigen eines Zaunes verletzt. Der Besitzer des betroffenen Objekts sei unter diesen Umständen bereit, von einer Anzeige abzusehen.
Eine Ärztin öffnete die Tür und bat die Besucher energisch heraus.
Sie sind der Vater? Schrader nickte. Die eiserne Spitze des Zaunes, erklärte die Ärztin, ist unterhalb des rechten Rippenbogens in den Körper gedrungen, hat die Leber und zwei Wirbel verletzt. Es ist ungewiss …
Das Mädchen begann zu weinen. Beamte und Ärztin verabschiedeten sich und Schrader sackte auf eine Bank neben dem Treppenaufgang. Zögernd sah sich das Mädchen um, dann griff sie entschlossen hinter den Bund ihrer Jeans und zog ein Smartphone hervor. Sie setzte sich zu Schrader und strich mit flinken Fingern mehrmals über das Display und reichte Schrader das Gerät.
Die erste Szene: Eine Mauer schimmert im Mondlicht, sauber verfugter Sandstein, hell marmoriert.

Eine Schablone knallt darauf, ein Sprühstoß aus einer Farbdose. Dann Totale auf die Mauer: Mehrere junge Leute arbeiten hastig, doch konzentriert. Unter ihren Händen entstehen Sterne, Fäuste und kryptische Zeichen. Schwenk nach oben: Hinter der Mauer, leicht erhöht ein erleuchtetes Haus. Zoom auf eines der Fenster, es steht offen. Tanzende Schemen, Musik weht heran. Aus.
Nächste Szene: Das Gesicht des Mädchens, daneben das von Max. Beide freudig erregt, ja, glücklich. Schwenk: Max allein, lachend, er ruft etwas: Eviva España! Eviva el Amor!
Schwenk: eine Toreinfahrt. Das Tor glänzt metallisch im Licht einer Straßenlaterne. Max besprüht das Tor, tritt zur Seite: Fuck Your Money!
Schwenk auf die Gruppe: Einer hält ein Megafon. Sie skandieren etwas. Mehrere Wachleute erscheinen. Die Gruppe spritzt auseinander. Die Stimme des Mädchens:
Run, run! Aus. Weiter: Mehrere Limousinen. Im Hintergrund die Villa, erregte Stimmen. Zwei Wachen im Gerangel mit einem jungen Mann. Max ist es nicht. Schwenk: Da ist er. Max stemmt einen Gullideckel in die Luft und wirft ihn in die Frontscheibe eines der Wagen. Triumphierend reißt er die Arme empor, wartet. Schwenk: Einer der Wachmänner setzt sich in Bewegung. Max rennt, stoppt, wendet sich einem Zaun zu, schwingt sich hinauf. Der Wachmann packt ihn am Bein. Schwenk: Straßenpflaster. Die Stimme des Mädchens, ein Schrei: Max! Aus.
Schrader und das Mädchen saßen da und blickten stumm auf die Tür gegenüber; dahinter lag Max.

Schließlich erhob sich das Mädchen. Schrader tat es ihr gleich. Sie umarmte ihn kurz und ging. Auf der Treppe verklangen ihre Schritte.
Schrader saß da und starrte auf das Display, über das die Filmsequenzen zitterten, wieder und wieder. Wieder und wieder sah Schrader Max' lachendes Gesicht neben dem des Mädchens. Schrader hatte ihn nie so lachen gesehen, so unbeschwert, so befreit.
Schrader schrak auf, als jemand seine Schulter berührte. Vor ihm stand eine Schwester und bedeutete ihm, dass ihn jemand zu sprechen wünsche. Am Treppenaufgang stand ein gut gekleideter Herr und nickte ihm zu. In nahezu perfektem Deutsch stellte er sich als Anwalt des Geschädigten vor. Sein Mandant bedaure die nächtlichen Vorfälle, insbesondere den tragischen Unfall. Der ungeschickte Wachmann sei sofort entlassen worden. Es käme nun darauf an, den betroffenen Familien, also der Schraders und der seines Mandanten, weitere Belastungen zu ersparen. Insbesondere wäre eine Berichterstattung in den Medien kaum zu kontrollieren. Kurz: Sein Mandant werde von einer Anzeige gegen Max absehen.
Señor Schrader, sagte der Anwalt eindringlich. Ihr Sohn wird eine gute medizinische Betreuung brauchen. Mein Mandant ist bereit zu helfen. Dies, sagte der Anwalt, fürs Erste, und überreichte Schrader einen Scheck.
Schrader las eine Zahl. Er schwieg, seine Hand zitterte.
Er habe gehört, fuhr der Anwalt fort, es gäbe Filmaufnahmen ... Ob dies, er deutete auf das

Smartphone in Schraders anderer Hand, das Gerät des jungen Mannes sei.

Schrader nickte und hörte Max' Lachen. Bitte, geben Sie es mir! Bitte, Señor! Der Anwalt streckte seine Hand auffordernd aus.

Da schnellte Schraders Arm nach vorn, die Hand, den Scheck geknüllt, stieß gegen den Brustkorb des Anwalts, der taumelte, versuchte, sich mit der linken Hand am Treppengeländer zu halten, griff aber daneben und stürzte die Stufen hinab.

Schrader fiel zurück auf die Bank. Durchs Treppenhaus drangen erregte Rufe herauf.

Zärtlich strichen Schraders Finger über das Display.

(2017, erschienen in: Grenzfälle.- Verlag für Berlin-Brandenburg)

Der Lavagänger. - Roman.- Aufbau-Verlag, 2009.- 376 S. (auch als eBook)

ISBN 978-3-746-62648-2

und als Hörbuch im DAV
gelesen von Götz Schubert

ISBN 978-3-89813-827-7

Henri Helder macht eine seltsame Erbschaft: ein altes Paar handgefertigter Lederschuhe mit rätselhaften Schriftzeichen auf den Schäften – das Vermächtnis seines verschollenen Großvaters. Was um Himmels willen soll er damit anfangen? Sie einfach wegwerfen? Helder versucht es, doch die Schuhe kehren unverhofft wieder zu ihm zurück. Merkwürdig verhält sich auch seine Familie: Der Nichtsnutz sei verdampft auf den Lavafeldern von Hawaii, heißt es lapidar. Schon bald bestimmen fabelhafte Gestalten wie ein Pferdekopfgeige spielender Derwisch, eine schöne Seidenraupenzüchterin, ein einbeiniger Navigator und eine polynesische Tänzerin Helders Leben. Er muss der Spur der Schuhe folgen – bis ans andere Ende der Welt, denn nur so kann er ein altes Geheimnis lüften.

„Stöckel findet einen wunderbaren, märchenhaften, märchenhaft sicheren Ton, wirft schwindelerregend viele Bälle in die Luft und fängt sie alle wieder auf. Vom Erzählen erzählt dieser Roman, vom Erzählen, mit dem allein wir den Gespenstern Europas, den Gespenstern aller Kontinente entkommen. Von der Unentschiedenheit, die Leben retten und zerstören kann. Von der Möglichkeit oder Unmöglichkeit einer anderen Existenz, eines anderen Lebens."

Elmar Krekeler, Literarische Welt v. 08.08.2009

Heimkehr ins Labyrinth: drei Monologe und ein christliches Satyrspiel. – Textbuch Edition Vogelweide.- 1. Auflage, 2017.- 60 S. (auch als e-Book)

ISBN 978-3-743-17524-2

Er zieht in den Kampf gegen das Böse. Sie bleibt zurück. Er ist der Beste, sagt sie, er wird die Bestie besiegen. Doch wie kommt er zu zurück?

Endlich zu Hause, denkt der Mann. Der Krieg war lang und siegreich. Aber keiner ist da mit ihm zu feiern. Nur einer erwartet ihn schon.

Eine Mutter irrt durch ein Labyrinth. Sie sucht ihren Sohn, einen Rebellen. Langsam begreift sie, sie wird einen anderen finden.

Der Herr verlangt ein Opfer: Töte deinen Sohn. Der Vater sucht einen Weg zwischen Gehorsam und Verweigerung.

Die Namen der Helden sind alt – Ariadne, Odysseus, Pasiphae, Abraham – was ihnen widerfährt, ist alltäglich bis heute.

Die vier Einakter nach Motiven antiker und biblischer Mythen durchbrechen die überlieferte Sichtweise und zeigen Menschen im Kreislauf von Gewalt und Gegengewalt.

Uraufführung 2003, bühne 8, Cottbus

„Der Autor … verarbeitet in diesen Texten antike und biblische Stoffe. Er erzählt sie überraschend neu und ergreifend gegenwärtig."
(Klaus Wilke, Lausitzer Rundschau)